我的老爸——鬼話連篇

作者：賈斯汀·哈本
譯者：林步昇

目次

目次

No.0
自序
Introduction
去把你房間那些雜七雜八的東西收拾乾淨就好，不然亂得跟剛辦完轟趴一樣。哦，你剛剛是說被女朋友甩啦？可憐。

" All I ask is that you pick up your shit* so you don't leave your bedroom looking like it was used for a gang bang. Also, sorry that your girlfriend dumped you."

我二十八歲那年住在洛杉磯，女友則住在聖地牙哥，我倆的遠距離戀愛也堂堂邁入第三年。每逢星期五，我便開著一九九九年款的「福特漫遊者」，沿著I-5州際公路，花三個半小時在車陣中龜速移動，前往兩百公里之外的聖地牙哥。我那台車實在很任性，動不動就拋錨，加上車內收音機故障，只剩一個電台可聽，偏偏歌單又沒變化，老愛播剛竄紅的饒舌歌手佛羅里達（Flo Rida）。這下可好，一路塞上高速公路、引擎不聽話、方向盤紋風不動，耳邊還傳來DJ嘶吼：「現在就來欣賞饒舌界新星佛羅里達的最新主打《神魂顛倒》！一起狂歡一下唄！」

總之，遠距離戀愛快把我搞垮了。所以到了二〇〇九年五月，我一得知Maxim.com[1]願意給我一份在家工作的機會，毫不猶豫就接受了，畢竟終於可以搬到聖地牙哥和女友同住。豈料，我女友竟然對這件事沒什麼反應——所謂「沒什麼反應」，是指我出現在她家門口告訴她這個好消息時，她就跟我分手了。

我開車離去後，才想到自己不但女友沒了，連住的地方也沒了，因爲我已經先跟洛杉磯的房東說我月底就會搬走。沒多久，引擎自動熄火，我只好坐在車上，想盡辦法重新發動。這時我突然想到，全聖地牙哥市願意收留我的人，可能就只剩我爸媽了。我把車鑰匙在孔裡轉來轉去，緊張到胃都快揪成一團。但這時我心頭一驚：我發現自己的車子正好停在一戶人家前面，而那家人正在門口烤肉，搞不好以爲我是個停車自慰的變態。幸好車子不到一分鐘就發動了，我趕緊快速駛離，朝爸媽家開去。

我之所以一下子緊張起來，是因爲每次有求於我爸，都搞得像在最高法院答辯一樣，不但得清楚列舉事實、有條不紊地論述，還要援引判例加以佐證。於是，我就這麼突然回到爸媽家中。他們住在聖地牙哥一個名叫諾馬岬的軍人社區，屋子不大，僅有三個小房間。我在客廳和爸媽沒聊上兩句，便搬出一套說詞，隨即援引先例，提到我哥丹尼爾二十九歲那年曾以「人生過渡期」為理由，窩在家中好一陣子。但我才說到一半就被我爸打斷。

「可以啊。拜託，你不必跟我扯一堆有的沒的，想住這裡當然沒問題，去把你房間那些亂七八糟的東西收拾乾淨就好，不然亂得跟剛辦完轟趴一樣。」然後他接著說：「哦，你剛剛是說被女朋友甩啦？可憐。」

我上回住在老家已是十年前的事了，那時我在聖地牙哥州立大學念書，剛升大二，爸媽都在工作，我媽在非營利組織當律師，我爸則是加州大學聖地牙哥分校核子醫學研究員，所以兩人都不常在家。十年過去了，我媽還是每天上班，但我那位七十三歲的老爸已退休，賦閒在家，而且還是整－天－在－家。

回家隔天一早，我大概八點半就起床了，在客廳架好我的「辦公室」（＝筆電），準備開始寫第一篇專欄文章，我爸則在一旁看電視。那時麥可・傑克森剛死，於是我打算畫幅漫畫，描繪耶穌無視別人指控麥可·傑克森有戀童癖，還是准許他上了天堂，因爲祂也是這位流行天王的死忠歌迷。（我的編輯後來說應該是聖彼得負責領他進天堂才對，但這不是重點。）我爸看我身穿睡衣睡褲在Google搜尋惡搞耶穌的圖片，絲毫不覺得我在工作，以爲我閒閒沒事幹。

他拉著嗓門吼著：「搞屁啊！布里茲[2]幹嘛一直講麥可·傑克森的事啊？人家總統都在他媽的俄羅斯要那些小王八蛋解除核武，這位老兄居然還在給我報導麥可，傑克森？你他媽的布里茲！」

接下來一整天，我爸動不動就會被一些瑣事惹毛，不時從廚房、院子或其他地方跑進客廳大吼大叫諸如此類的話：「你是不是在我做給你吃的漢堡裡加番茄醬？」

「對啊，怎樣？」

「怎樣？幹，什麼叫『怎樣』？那是漢堡中的極品耶，可不是外面賣的爛肉，我花時間做的，下次給你吃屎算了。」

回家眞好。

就我記憶所及，老爸一直都是這種直腸子個性。小時候我怕死他了，壓根不知道其實該慶幸自己有個全天下最不拐彎抹角的老爸；現在進入社會，成天都得應付一堆口是心非的同事和親友。所以住在老家的那幾個月，和我爸相處時間越久，就越欣賞他那瘋子般的發言和坦率的性格。

有一天我和老爸出門遛狗，狗狗名叫安格斯，牠跑到鄰居屋外的小樹叢嗅來嗅去，老爸見狀便轉頭對我說：「瞧那狗的屁眼。」

「啊？怎樣？」

「你看牠屁眼擴張的樣子，就知道牠快要拉屎了。看吧，拉出來了。」

於是，狗狗果眞在鄰居院子撇了條，我爸則得意地站在一旁看著自己預言成眞。就在那一刻，我恍然大悟，原來老爸這麼明察秋毫，簡直是個半仙。

當天傍晚，我就把他那句話用來當作MSN的離線訊息。從此之後，我每天都會拾一句我爸的牙慧，用來更新我的狀態。後來有朋友建議我不如去申請推特帳號，記錄他那些令人叫絕的快言快語，「Shit My Dad Says」就這樣誕生了。第一個星期，只有兩三個朋友在追蹤我的動態，他們都認識我爸，覺得他超有個性。某天，我發現追蹤人數突破一千，隔天變一萬，然後是五萬、十萬、二十萬、三十萬。突然之間，我老爸的大頭照和名言竟出現在網路各個角落。版權代理商打電話來，說要幫我出書；電視製作人邀請我上節目；記者也想採訪我。

我第一個念頭是：這下慘了。接下來的心情只能用恐慌來形容。

爲了說明我爸有多討厭鎂光燈，在此要跟大家分享他對機智問答節目「危險邊緣」（Jeopardy!）參賽者的看法。我爸飽覽群書，十分博學。某個晚上我在看「危險邊緣」他剛好晃進客廳，接著竟然逐一答對主持人崔貝克的所有問題。我就說：「爸，你根本就應該去參加比賽啊！」

「你開什麼鬼玩笑？瞧瞧這群人，他媽的丟人現眼，一丁點自尊心都沒有，這種現場節目我想到就渾身不舒服！」

我知道自己終究得跟他坦白，說我自作主張把他的語錄發表在網路，導致出版社和電視台都想拿來改編。不過在自首前，我先打了通電話給我大哥丹尼爾，暗自希望他會說我在大驚小怪，老爸是不會介意的。

「哇哩咧，真的假的？」他一邊說，一邊笑到不行，「跟你說，爸一定會……我根本不敢想像他會怎樣。你最好要有被趕出家門的心理準備。要是我的話，絕對會先把東西打包好準備開溜，而且只帶重要物品，隨手一拿就可以走人。」

我決定先到附近晃一圈，仔細想想該說什麼，再回去面對老爸。怎知這一晃就是好幾圈，最後我花了一小時左右才走回家，剛好看到他坐在家門口，心情似乎不錯。這個千載難逢的機會，當然不能錯過。

「老爸，我有件事情要跟你說……說起來有點怪。」我小心坐在他身旁的躺椅上。

他答道：「你要跟我說怪事啊？是怎麼個怪法？」

我說：「就是呢……有個叫做推特的東西。」

「他媽的我當然知道推特是什麼東西，你當我白痴啊！我清楚得很，你要先啓動網路才上得了推特。」他說「啓動網路」的時候，還做著轉動鑰匙的動作。

於是我全招了，推特頁面、追蹤動態的人數、新聞報導、出版商、電視製作人，一五一十地交代清楚。他靜靜坐著聽我說完，然後笑了笑，隨即站起身，拍了兩下褲子後說：「你有看到我的手機嗎？打給我的手機一下，我找半天了。」

我問：「所以你……不反對嗎？我寫書引用你的話之類的都沒關係？」。

他說：「干我屁事？別人怎麼看我是他家的事。你愛出書就出書，我只有兩個原則：不准找人來採訪我，還有，你賺的錢自己留著。我他媽的自己有錢，不需要你來養。」他接著又說：「快打我手機，眞是見鬼了。」

1 以男性讀者為主的線上生活雜誌，內容五花八門，多半關於美女、運動及娛樂花絮。
2 Wolf Blitzer，美國有線電視新聞網（CNN）著名主播。

＊Shit＊

字面義爲屎、糞，原指生物體所排放的廢棄物（名詞），或是排放廢棄物的動作（動詞）。放在日常用語中，視脈絡呈現多重涵義，有時指胡扯、荒謬，有時指一文不値的事物。

例句：“pick up your shit” 字面義爲「撿起你的屎」，實際意義爲「收拾好你那些亂七八糟的東西」。

英文委婉用法有時會以sugar（糖）或shoot（發射）等發音相近的字來取代。

例句：Oh, shoot!（噢，雪特！）

No.1

絕對不要自以為是

Never Assume That Which You Do Not Know

" Well, what the fuck* makes you think Grandpa wants to sleep in the same room as you? "

一九八七年的夏天，我六歲。我表哥結婚了，婚禮在華盛頓州的農場舉行。雖然我們家住在加州聖地牙哥，但老爸最後決定要省下一千美金的全家機票錢。

他跟老媽說：「我幹嘛付兩百塊美金，讓一個六歲小孩坐飛機去參加婚禮啊！你想賈斯汀會在意嗎？他兩年前還要人家幫他擦屁股咧！如果全家都要去，那就開車吧。」

結果我們還眞的開車去。當時家裡那台老爺車是福特八二年款雷鳥，我們三兄弟坐在後座。我夾在丹尼爾和艾文中間，丹尼爾那年十六歲，艾文十四歲且身材瘦長。老媽坐駕駛座旁，老爸負責開車，一家五口就這麼上路，前往三千公里之外的華盛頓州。車子才開不到六公里，我和老哥就開始互嗆，但多半都是他們在損我，還說：「你坐姿也太娘了吧！分明就是個gay炮！」我爸猛然將方向盤一轉，把車靠向路邊，輪胎發出尖銳的摩擦聲，然後他倏地轉過頭來，緊盯著我們三個。

「給我聽好了！我可沒工夫教訓你們三個死小鬼，聽懂沒？現在開始全都給我安分點，像個他媽的正常人。」

可是我們還是沒能安分，因爲眞的安分不了，畢竟當時的情況實在不是「他媽的正常人」可以忍受的。五個人之中，就有三個未滿十七歲的大男孩幾乎無縫隙可言地擠在後座，如此連續十六個小時，車子則在無止盡的公路上龜速移動。此情此景，絲毫不像一家人要去度假，反倒像在逃難。車子足足開了一天一夜，我們身上又溼又黏，也越來越不耐煩。老爸氣急敗壞，不斷自言自語：「他媽的，我們開車絕對到得了，就不信華盛頓州能遠到哪裡去！」

從家裡出發整整一天半後，總車程超過二十四小時，我們終於抵達了華盛頓州首府奧林匹亞。所有哈本家族的成員聚集在一家飯店大廳，共有六十人到場，其

中包括我那九十歲的阿公。阿公雖然話不多但很有自己的脾氣，最討厭別人替他大驚小怪。他畢生都在肯德基州經營一座菸草農場，七十五歲才退休。儘管現在年紀大了點，卻依舊認爲除非「必要」，否則自己的事絕不要別人插手幫忙。

哈本家族把飯店某層的房間全包了下來，每間房要睡兩個人，不過大家尙未分配房間。我兩個老哥馬上就說要住同一間，而老爸老媽想必也住一間，只有我落單。不知爲何，那些叔叔阿姨都覺得我應該要和阿公同一間，這樣才「可愛」。阿公之前有來聖地牙哥跟我們住一陣子，我還記得他老愛在房間裡藏一瓶野火雞牌威士忌，有事沒事就拿出來偷灌個兩口。有一回他偷喝酒被丹尼爾撞見，還自己大喊：「被發現了！」然後笑個不停。我也記得阿公下床其實需要別人攙扶，但只要有人主動幫忙，他就會大發脾氣。所以我一點也不想和阿公住一間，但我也只能把想法悶在心裡，不然大家一定會覺得我很沒禮貌。

所以，我就做了一件六歲小孩耍賴時都會做的事：裝病。這下可好了，大家都跑來關心我。眾阿姨嬸嬸一聽到我不舒服，連忙帶我衝向走道另一頭，來到我爸媽的房間，破門而入，搞得像在拍《急診室的春天》一樣。

此時老爸開吼：「好了！大家冷靜一點，吵死人了！現在都先出去，我來看看這小鬼怎麼了。」阿姨嬸嬸離開後，只剩我跟老爸兩人。他直盯著我的眼睛看，用手摸了摸我額頭。

「你剛才說不舒服是吧？哼，我聽你在鬼扯，有生病才怪。你在搞什麼？我們可是大老遠開車來的，我現在累得半死，有屁快放！」

我回答：「大家都要我跟阿公睡一間，可是我不想……」

「喲，你他媽的自以爲阿公想跟你睡同一間啊？」

這我倒是沒想過：「不知道。」

「好，我們一起去問他。」

我們父子倆走到阿公搶先占好的房間，他正準備上床睡覺。

「爸，我跟你說，賈斯汀不想跟你睡同一個房間，你覺得咧？」

我整個人縮在老爸身後，但他一直把我往前推，要我面對阿公。阿公瞧了我一眼，然後說：「喔，我也不想跟他睡同一間，我要自己一間。」

老爸轉過身來看著我，一副得意洋洋的樣子，好像自己發現了謀殺案的重要線索。他說：「聽到沒？人家也不想跟你睡好嗎？」

髒字考

＊Fuck＊

通常作動詞使用，字面義爲「性交」，可用於及物動詞（fuck you）、不及物動詞（don't fuck with me）和反身動詞（fuck yourself），一般使用者不小心說溜嘴時會翻譯成「幹」。

字源可追溯至十五世紀末，以拉丁文＋英文的形式出現，但《牛津英文辭典》要到1972年才願意將它收入。

現代用法已演化出各式詞性，例如："She is a good fuck" 便做名詞使用，意思爲「她超辣／超正」，但此句性暗示意味強烈（床伴），通常只有好麻吉間才會使用，若亂用可能會被賞巴掌。

又如文中"What the fuck makes you think Grandpa wants to sleep in the same room as you?"便做感歎詞，使用與否對文意沒有影響，只有情緒上的變化，意思都是：「你憑什麼認爲阿公想跟你睡同一間房？」譯得傳神點就是：「你他媽的自以爲阿公想跟你睡同一間啊？」

其他也可做形容詞、副詞、發語詞等，用來表達憤怒、恐懼、震驚、煩惱甚至興奮等。

★ 論「如廁訓練」

「你已經四歲囉，所以大便要大在馬桶裡。這件事完全沒有商量的餘地，別想討價還價。你給我大在馬桶裡就對了！」

☆ **On Toilet Training**

"You are four years old. You have to shit in the toilet. This is not one of those negotiations where we'll go back and forth and find a middle ground. This ends with you shitting in a toilet."

★ 論「我第一天上幼稚園」

「你覺得很可怕嗎？如果連幼稚園都把你嚇成這樣，我只能說你接下來的人生會很慘。」

☆ **On My First Day of Kindergarten**

"You thought it was hard? If kindergarten is busting your ass, I got some bad news for you about the rest of life."

★ 論「意外事件」

「事情的經過干我屁事，窗戶破就是破了……等等，為何糖漿灑得到處都是？好樣的，現在可就干我的事了，把事情給我交代清楚。」

☆ **On Accidents**

"I don't give a shit how it happened, the window is broken. . . . Wait, why is there syrup everywhere? Okay, you know what? Now I give a shit how it happened. Let's hear it."

★ 論「我的七歲生日派對」

「不行，你的生日派對絕對不准弄什麼鬼充氣房子……什麼叫為什麼？你有沒有想過，我們家後院是擺得下那該死的充氣房子嗎？……對啊，你當然沒想過，都是你爸在傷腦筋，你只要負責做白日夢就好了。」

☆ **On My Seventh Birthday Party**

"No, you can't have a bouncy house at your birthday party. . . . What do you mean why? Have you ever thought to yourself, where would I put a goddamned bouncy house in our backyard? . . . Yeah, that's right, that's the kind of shit I think about, that you just think magically appears."

★ 論「跟陌生人說話」

「聽著，如果有人對你很好，但是你不認識他，快跑。沒有人會沒事對你好的，就算有，哼，就讓他去對別人好吧。」

☆ **On Talking to Strangers**

"Listen up, if someone is being nice to you, and you don't know them, run away. No one is nice to you just to be nice to you, and if they are, well, they can go take their pleasant ass somewhere else."

★ **論「餐桌禮儀」**

「搞什麼鬼！拜託你不要每次都吃得到處都是好嗎？……不小心才怪，瓊妮，他是故意的，如果不是故意的，那就是他腦殘。但真要是這樣，之前早就檢查出來了。」

☆ **On Table Manners**

"Jesus Christ, can we have one dinner where you don't spill something? . . .No, Joni, he does do it on purpose, because if he doesn't, that means he's just mentally handicapped, and none of the tests showed that."

★ **論「哭泣」**

「你哭我是無所謂，但你鼻涕流下來要怎麼處理咧？要用手擦？還是用衣服擦？這樣有夠髒。我的媽呀！你該不會又要哭了。」

☆ **On Crying**

"I had no problem with you crying. My only concern was with the snot that was coming out of your nose. Where does that go? On your hands, or shirt? That's no good. Oh, Jesus, don't start crying."

★ 論「第一次在朋友家過夜」

「請不要半夜尿床。」

☆ **On Spending the Night at a Friend's House for the First Time**

"Try not to piss yourself."

★ 論「被人取笑」

「他說你是同性戀，那又怎樣，同性戀是很正常的事……嘿！我又沒有說你是同性戀，莫名奇妙，難怪那個小鬼會說你是同性戀。」

☆ **On Being Teased**

"So he called you a homo. Big deal. There's nothing wrong with being a homosexual. . . . No, I'm not saying you're a homosexual, Jesus Christ. Now I'm starting to see why this kid was giving you shit."

★ 論「做自己」

「這是我家，我愛穿衣服就穿衣服，愛脫掉就脫掉。你等一下有朋友要來跟這件事情一點都不相干，我管他去死。」

☆ **On Feeling Comfortable in One's Own Skin**

"It's my house. I'll wear clothes when I want to wear clothes, and I'll be naked when I want to be naked. The fact that your friends are coming over shortly is inconsequential to that—aka I don't give a shit."

No2

我家絕不容任何人侵犯

A Man's House Is His House

" This is my house, goddamn it*! I gotta defend my house! "

我七歲時，有天被老爸叫去他房間。他秀出一把獵槍，然後握著槍跟我說明：「這是扳機，這是彈匣，這個是準星，用來瞄準獵物，然後槍要這樣拿。」最後又加了一句：「就這樣，以後不准亂碰這把槍。」

老爸之所以在床頭櫃上擺一把獵槍，是因爲他深信我們家隨時可能被搶。「我們家那麼多有的沒的，一定會有人暗中肖想。我才不想讓他們得逞，懂了嗎？」我懂，但對我爸來說，只要凌晨一點以後家中發出任何聲響，十之八九是小偷闖入。我一直不懂他的焦慮感從何而來，畢竟我們住的郊區十分平靜。我問過他這個問題，他只回答：「我跟你的年代不一樣。」

「老爸，那你是怎樣的年代？」

「我哪知道，反正不一樣就對了。拜託你，不要問一堆問題，有老爸當靠山，要懂得感恩才對。」

雖然老爸無時無刻不擔心家裡遭小偷，但他上床睡覺時卻非常「放鬆」。我的意思是，他有裸睡的習慣。我爸裸體的時候，活像「芝麻街」片中的玩偶，會從樹叢後跳出來，活蹦亂跳地唱著：「Superhairy, with eyebrows that defy gravity.」（渾身毛茸茸，眉毛挑高高。）

老爸向我展示完獵槍之後沒幾天，某個晚上，大概凌晨一點四十五分的時候，他突然醒來，聽到廚房傳來低沉的聲響，旋即拿了床頭櫃上的獵槍，要我媽安靜待在床上，然後一個人舉著獵槍，手扣扳機，光著屁股就朝廚房走去。他沉重的步伐一經過我房前通道，我立刻就醒了。於是我從房間探出頭，恰好看到他四肢著地，手持獵槍，向通往廚房的那扇門匍匐前進。我爸爬到一半，把獵槍瞄準關著的門，大吼道：「給我走出門來，老子一槍斃了你！」

其實在廚房裡的是老媽的妹妹吉妮阿姨，她當時借住我們家，不知道我爸深信「一點鐘之後皆小偷」這個道理，本來只是打算弄點宵夜來吃。她一聽到這句死

亡威脅，馬上開了門，一眼便瞧見老爸全身赤裸匍匐在地，光溜溜的屁股則被廚房燈照得亮晃晃，還有一根直挺挺的獵槍對準著她。她快速從我爸身邊跑過，衝進自己房間，碰的一聲把門甩上。我爸還以為她只是怕小偷，所以仍一副草木皆兵的樣子準備抓賊。

在屋子另一頭的老媽，還沒搞清楚房外發生什麼事，就打電話報了警，然後扯著嗓門喊：「山姆，警察快來了！快點放下槍穿上衣服！」

「幹，我管他去死！這是我家耶，王八蛋，我保護自己的家哪裡不對！」他這麼吼了回去。

警察終於出現了，研判屋內無外人侵入跡象，於是勸我爸把衣服穿上、槍收起來。

隔天早上，我跟爸媽還有哥哥坐在餐桌前吃早餐，大家都不發一語。阿姨自從昨天逃離「案發現場」，還沒出過房門，後來總算出來吃早餐，但也不太說話。老哥以為我不知道發生了什麼事，還特地靠了過來，低聲在我耳邊說：「阿姨看到老爸的雞雞了，還差點死在老爸槍下。」

老爸轉頭看著我們，正經八百地說：「我覺得有必要跟你們說一下昨晚發生的事。沒有小偷入侵。但是記住，我家絕不容任何人侵犯！」

他又吃了兩口喜瑞兒，然後一派輕鬆地說：「好，上班去囉。」

髒字考

＊Goddamn it＊

正確用法是God damn it，祈使句，意思是「上帝詛咒它」，用來表達沮喪之意。還原爲完整句子是「願基督教上帝詛咒它下地獄」（May the Christian God damn it to hell），直率而簡潔表達可譯爲「天殺的」、「該死」或「馬的」（damnit）。

敬虔宗教人士有可能認爲此句有褻瀆上帝之嫌，不過一般人用法已脫離宗教語境，將God改爲god，拿來做感歎詞使用。例如："I can't make the computer work, goddamn it!"，意思是「我的電腦動不了，該死！」

★ 論「紳士風度」

「給媽媽坐前座……就算她讓你坐也不行，媽媽本來就會讓小孩，但小孩應該要說：『真的不用，妳坐。』你以為我開車會讓老婆坐後座，給九歲小鬼坐前座嗎？你還真天才啊，狗娘養的小王八蛋！」

☆ **On Chivalry**

"Give your mother the front seat. . . . I don't give a shit if she said you could have it, that's what she's supposed to do, and you're supposed to say, 'No, I insist.' You think I'm gonna drive around with my wife in the backseat and a nine-year-old in the front? You're a crazy son of a bitch."

★ 論「糖果」

「天啊！不過是一條巧克力棒，你們就吵得屋頂都炸開了。現在都給我出去！把腦袋裡的大便給我清空，否則不准進門。」

☆ **On Candy**

"Jesus Christ, one fucking Snickers bar, and you're running around like your asshole is on fire. Okay, outside you go. Don't come back in until you're ready to sleep or shit."

★ 論「參加營隊」

「放輕鬆，沒事的。反正就是大家一起生營火、搭帳蓬、睡外面，很好玩的……喔，是籃球營啊？唔，那樣的話，我剛說的話都不算，重來。反正就是大家一起打籃球。」

☆ **On Going Away to Camp**

"Relax, it'll be fine. You'll build fires, set up tents, sleep outside, it'll be fun. . . . Oh, it's basketball camp? Huh. Well, cross out that shit I said you were gonna do and just replace it with 'play basketball,' I guess."

★ 論「暑假生活」

「休想整天待在家看電視。如果現在是玩『大獎換不換[1]』之類的遊戲，不管你選哪個門，都不會出現『看電視』這個選項。」

☆ **On Summer Vacation**

"Watching TV all day is not an option. If this were Let's Make a Deal, that would not be behind one of the doors to choose from."

★ 論「捉迷藏的禁區」

「你這小子躲在我衣櫃裡幹什麼？噓什麼噓，搞清楚，這可是我他媽的衣櫃！」

☆ **On Off-Limits Zones in Hide-and-Go-Seek**

"What the fuck are you doing in my closet? Don't shush me, it's my fucking closet."

★ 論「運動家精神」

「你球投得很好，真的不錯。老爸以你為榮。可惜的是，你的隊很爛……不行，不能因為人家爛就去嗆人家。放心，他們以後被嗆的機會可多了。」

☆ On Sportsmanship

"You pitched a great game, you really did. I'm proud of you. Unfortunately, your team is shitty. . . . No, you can't go getting mad at people because they're shitty. Life will get mad at them, don't worry."

★ 論「在學校闖禍」

「你為什麼要拿球砸別人的臉？……這樣喔，那他活該被砸。嗯，老師不爽是他家的事，我不會怪你。」

☆ On Getting in Trouble at School

"Why would you throw a ball in someone's face? . . . Huh. That's a pretty good reason. Well, I can't do much about your teacher being pissed, but me and you are good."

★ 論「耶誕節禮物清單」

「你竟然挑了二十五件禮物，還按期望程度排序？耍什麼寶？我是問你想要什麼耶誕禮物，誰叫你弄個人氣排行榜這種鬼東西。」

☆ On Making a Christmas List

"You ranked the twenty-five presents you want, in order of how much you want them? Are you insane? I said tell me what you want for Christmas, not make a fucking college football poll."

★ 論「滑水道」

「要玩你自己去玩，我才不想滑進一池死小孩的尿液中。」

☆ On Waterslides

"You go on ahead. I'd rather not be shot out of a tube into a pool filled with a bunch of eleven-year-olds' urine."

★ 論「自己準備午餐」

「一定帶個三明治去學校，不准只裝餅乾和垃圾食物……不對，我的意思是，如果你想自己準備午餐，可以帶自己喜歡的點心，但不代表你可以亂帶一通。」

☆ On Packing My Own Lunch

"You have to pack a sandwich. It can't just be cookies and bullshit. . . . No, I said if you packed it yourself, you could pack it how you want it, not pack it like a moron."

1 Let's Make a Deal：源於美國的電視遊戲節目，參賽者要在三扇關閉的門之中擇一，其中一扇門後有大獎（如汽車），另外兩扇門則是「安慰」獎（如羊或豬）。參賽者決定好後，主持人會於剩下兩扇門中，打開不是大獎的一扇門，再問參賽者要不要換門。

No.3

絕對要乖乖聽話

It's Important to Behave Oneself

幹，搞什麼鬼！我他媽的只不過要你安分坐著兩個小時，讓我好好把甲狀腺癌講完！

" Fucking hell*! All I asked, goddamn it, was that you sit still for a couple hours while I lectured on thyroid cancer! "

我十歲那年，老媽決定要去讀法學院。老爸相當支持她追求自己的理想，儘管這也意味著他得分擔更多責任來照顧我。

老媽秀出她第一學期的課表後，老爸就對我說：「我們兩個之後會有很多時間相處，不過我大部分的時間都要工作，所以你得給我乖乖在旁邊自己玩。」

我跟大多數小孩一樣，從來沒真正搞懂爸爸是做什麼工作。我只知道他的工作跟「核子醫學」有關，而且下班回家後常一副疲累又易怒的樣子。媽媽去讀法學院之前，如果週間下午剛好有事，就會把我帶到爸爸工作的醫院。老爸會從辦公室出來接我，從口袋拿出一根士力架巧克力棒遞給我，再帶我到旁邊的備用辦公室，然後說：「我大概還要忙兩小時，所以你自己在這裡坐一下。」

接著我總是要他給個確切時間：「最久兩個小時嗎？還是可能會等更久？」

「我哪知道，你當我是他媽的算命師嗎？反正我只要忙完了，就可以走了，到時再買冰淇淋給你吃。」

接著我爸會環顧辦公室四周，拿一本雜誌給我讀。

「喏，你可以翻翻《新英格蘭醫學期刊》，裡面很多東西都滿有趣的。」

老媽後來課業忙到不可開交，於是老爸得付出更多心力來減輕她的負擔，我也就越來越常在午後乾巴巴地等他下班一起回家。週末通常還好，因為我可以去朋友家玩。但剛好有個週末，老媽忙著準備考試，老爸則要發表一場演講給上百位醫生聽，卻沒半個親朋好友有空照顧我。

老爸這麼跟老媽說：「我覺得可以讓他自己在家玩，不會有事的。」

老媽回答：「山姆，他不能一個人孤零零在家。他才十歲。」

「好啦，我帶他一起出門就是了，真該死。」

我跳上老爸那台奧斯摩比汽車，一起前往加州大學聖地牙哥分校。一路上他話不多，但我看得出來他很不爽。車子在演講廳前停了下來，老爸轉頭跟我說：「你得給我乖乖的，知道嗎？不准搗蛋。」

我問：「我可以畫畫嗎？」

「畫畫？你要畫什麼東西？就不要有人經過，看到你畫兩隻狗在交配之類的鬼東西，你爸我的專業形象就毀了。」

我說：「我不知道要怎麼畫狗在交配，我只是要畫飛機而已。」

於是老爸打開黑色的真皮公事包，遞給我一張有橫線的筆記本內頁，和一支彩色原子筆。我下了車，跟在他後頭，穿過大樓一道道的玻璃門來到大廳，然後進入演講廳，裡面到處都是醫生，大家好像都認識老爸。他把我介紹給幾個人，隨即帶我到最後一排，離前面的講台大約三十公尺遠。

「好，你就坐在這裡。這個巨無霸士力架給你，如果你想睡覺，就吃下去。」他邊說邊拿出巧克力棒，大小跟我的前臂差不多。「就這樣，我要去忙了。」

醫生陸續就座之後，會議旋即開始。我爸坐在講台上，某位額頭很高的先生開始致詞。大概兩分鐘之後，我就把那支特大士力架給吃光了，然後開始感受到三十五克的糖在我血液中蠢蠢欲動。每分鐘都猶如一小時那麼漫長，我實在無法坐著不動，於是決定躺在地上，一來可以平復一下心情，二來又不會讓人瞧見。我才剛匍匐在地，就聽見那位先生介紹老爸出場。我抬起頭，正好和三十公尺外的老爸四目相接，他緊盯著我，彷彿一直都在注意我的一舉一動。我立刻把頭縮回來，躲在椅子後面。

我蜷伏在地上，發現我整個人恰好可以鑽進椅子底下，而每排座位也都剛好有幾張椅子沒人坐。我靈機一動，想到一個好玩的遊戲：從最後一排匍匐前進，再利用空的椅子當作掩護，就可以在不影響其他人的情況下，逐漸向前排移動。於是我小心翼翼地開始了這場冒險之旅，先是橫向移動，神不知鬼不覺地從一個個醫生的屁股底下穿過，再向前躍進到前一排的空椅子，十足像是在玩真人版的「青蛙過街[1]」。我越爬越熟練，也順利前進了七排，才發覺前面沒空位了，便倒頭想往回爬，但只見後排的空位已經有人入座，當下進退不得。

老爸的聲音透過麥克風傳來，聽在我耳裡彷彿來自天上，像是上帝在談論分子生物學。我心一橫，揣想如果要回到原來的位子，只有從十五位左右醫生的腳下爬到中央走道，然後再盡量壓低身子溜回座位，才不會被老爸瞧見。倒楣的是，那些醫生並沒有感受到我想低調進行的用心，絲毫不配合演出，反而在我爬經他們腳邊時，紛紛站起身子，還發出惱怒的低語。雖然我人在地上，看不到上面發生什麼事，但我聽到老爸的演講戛然而止，想必他知道事情不對勁了。我僵在原地動也不敢動。不久後演講繼續進行，我想危機解除，立刻向前衝刺，眼看只差兩張椅子便可到達走道，我的膝蓋卻不小心撞到一位鬍子男的平底鞋。

他吹鬍子瞪眼說：「搞什麼啊！這也太不像話了吧！」

老爸的演講再度停了下來。我慢慢從最後一張椅子爬出，頭轉向講台，正好看到他瞪著我，眾人目光也落在我身上。

整個演講廳鴉雀無聲，我站起身來，裝作若無其事的樣子走回座位，同時目光避開大家難以置信的眼神。我坐回位子。過了一會兒，老爸又開始演講。他漲紅的臉，活像一顆怒目橫眉即將狠狠砸來的躲避球，而談論甲狀腺癌的聲調，則像極了橄欖球教練在修理球員。

老爸很快結束了演講，並草草回答了兩三個問題。觀眾才剛開始鼓掌，他就直接從講台跳下，直直朝我走來，無視那些起身要向他攀談或致意的醫生。他抓著我褲子後方的腰帶，把我當成整打啤酒瓶那樣拎起，推開一道道門進入大廳，再走出大樓，一路上就這樣拎著我走到停車處，打開車門，把我扔進前座，坐上駕駛座，深呼吸了幾口，脖子青筋暴現，轉向我，咬牙切齒地大吼：「幹，搞什麼鬼！我他媽的只不過要你安分坐著兩個小時，讓我好好把甲狀腺癌講完！」然後他快速駛離停車場，回家的路上不發一語。

到家後，老爸打開前門，我則默默站在一旁的門墊上，忽然他轉過頭來，平靜地對我說：「聽好，我現在知道了，剛才的場合不適合小孩。現在我要先進屋子，你就給我待在外面玩。因為呢，我腦袋他媽的快炸開了。」他關上門，我則站在門外，不知如何是好。此時屋內傳來歇斯底里的嘶吼：「ㄍㄢㄢㄢㄢㄢㄢㄢㄢ丶丶！！！！！」

過了約一個半小時，他從後門探出頭來，我坐在後院的草坪上。

1 Frogger：一九八〇年代極受歡迎的大型電玩遊戲。

他說：「想進來的話就進來！記得先洗手再去碰其他東西，演講廳的地板就跟屎一樣臭，虧你還敢在上面像猴子一樣爬來爬去。」

髒字考

＊Hell＊

地獄，在各大宗教傳統中原指來世受苦和懲罰之處。放在不同地方有不同用處，例如“go to hell”是一種咒罵，要人「去死」「滾蛋」之意。“What the hell!” 的字面義是一種驚歎，直譯爲「好個地獄」，但放在句尾意思常變成「管他的」，放在句首則變成「搞什麼（鬼）」。

文中 “fucking hell” 可謂 “what the hell” 的活用變形，在前頭加上發語詞「幹」，整體效果大爲升級。

★ 論「發現我沒選上少棒明星隊」

「真是他媽的爛透了，那些教練都嘛挑自己的小孩。這種爛傢伙的小孩連幫你拿護襠的資格都沒有……什麼叫作你不穿護襠？你是哪裡有毛病啊？」

☆ On Finding Out I Didn't Make the Little League All Star Team

"This is bullshit. All the coaches just put their kids on the team. That shit bag's son isn't worthy of carrying your jock strap. . . . You don't wear a jock strap? What the hell is wrong with you, son?"

★ 論「送我上學」

「你同學的父母嗎？開車不看路的混帳東西！這裡可是小學停車場，不是他媽的曼哈頓市中心。」

☆ On Dropping Me Off at School

"Your friends' parents? They drive like assholes. Tell them it's an elementary school parking lot, not downtown fucking Manhattan."

★ 論「養狗」

「那誰要來照顧狗？你嗎？……兒子，別忘了你昨天回家時手上還沾到大便，而且是人類大便。我不知道這是怎麼回事，但是如果有人連雙手都會沾到大便，就表示或許他還負不起責任。」

☆ **On Getting a Dog**

"Who's going to take care of it? You? . . . Son, you came in the house yesterday with shit on your hands. Human shit. I don't know how that happened, but if someone has shit on their hands, it's an indicator that maybe the whole responsibility thing isn't for them."

★ **論「每天洗澡」**

「你已經十歲了，所以每天都得洗澡……誰管你，就算討厭也要洗。沒有人喜歡小臭蛋，我也不想要有個臭蛋兒子。」

☆ **On Showering with Regularity**

"You're ten years old now, you have to take a shower every day. . . . I don't give a shit if you hate it. People hate smelly fuckers. I will not have a smelly fucker for a son."

★ **論「樂高積木」**

「聽好，我不是要扼殺你的創意，但你蓋的那個東西，簡直就是一坨屎。」

☆ **On Legos**

"Listen, I don't want to stifle your creativity, but that thing you built there, it looks like a pile of shit."

★ 論「學校的爸爸日」

「這些可以請假的家長是吃飽沒事幹嗎？我就算真要休假，也絕對不會去跟一群十一歲的小鬼排排坐。」

☆ **On Bring-Your-Dad-to-School Day**

"Who are all these fucking parents who can take a day off? If I'm taking a day off, I ain't gonna spend it sitting at some tiny desk with a bunch of elevenyear-olds."

★ 論「六年級的家長會」

「我覺得那個老師看你不順眼，所以咧，我也看她不順眼。你確實沒有優秀到哪裡去，但絕對是個好孩子，莫名奇妙！她去死一死算了。」

☆ **On My Sixth-Grade Parent-Teacher Conference**

"I don't think that teacher likes you, so I don't like her. You ding off more shit than a pinball, but goddamn it, you're a good kid. She can go fuck herself."

★ 論「七年級的第一支舞」

「你有擦香水嗎？……兒子，我們家沒有半瓶古龍水，只有你媽有香水。我聞過那個香味，不得不跟你說，在十三歲的兒子身上聞到老婆的味道，只能用不舒服來形容。」

☆ **On My First Dance in Seventh Grade**

"Are you wearing perfume? . . . Son, there ain't any cologne in this house, only your mother's perfume. I know that scent, and let me tell you, it's disturbing to smell your wife on your thirteen-year-old son."

★ 論「不敢在小學廁所上大號」

「兒子，你抱怨也要看對象，你爸隨時隨地都能大便，這就是我厲害的地方，搞不好還是我最了不起的地方咧。」

☆ On Being Afraid to Use the Elementary School Bathrooms to Defecate

"Son, you're complaining to the wrong man. I can shit anywhere, at any time. It's one of my finer qualities. Some might say my finest."

★ 論「我在少棒聯盟選拔賽五十公尺短跑得到最後一名」

「你的樣子，實在有點像是被一群蜜蜂追著跑。我還看到那個拿著碼錶的小胖子開始大笑……這麼說好了，被胖子笑絕對不是什麼好事。」

☆ On My Last-Place Finish in the 50-Yard Dash During Little League Tryouts

"It kinda looked like you were being attacked by a bunch of bees or something. Then when I saw the fat kid with the watch who was timing you start laughing . . . Well, I'll just say it's never good sign when a fat kid laughs at you."

No.4

絕對不能欺騙他人

Do Not Be a Goddamned Liar

你把整個科學界的臉都丟光了。你這是婊了愛因斯坦，還婊了所有人！

" You have shamed the entire scientific community. Fucking Einstein, everybody. "

我向來都不太擅長數學或理化，比較喜歡讀歷史或文學故事，週期函數或元素表之類的東西只會讓我倒胃口。所以，六年級的時候，有一次班上每個同學都要設計一個實驗，用來參加四月底舉行的校內科展，我的心情之恐慌，就像現在有人告訴我得去參加電視影集《實習醫生》一整季的演出。我爸則樂壞了，畢竟他過去二十五年來都在從事醫學及科學研究。

我接到這份作業的當晚，他就對我說：「這麼一來，你就可以稍微了解你爸每天在忙什麼鬼了。我絕對會盯緊你每個步驟，讓你交出學校史上最棒的實驗成果，休想矇混過關。」

我滿心期盼地問：「你會跟我一起做實驗嗎？」

「什麼？想得美，我整天都在做實驗，累得跟狗一樣，不是剛跟你說了嘛。」

老爸坐到客廳沙發上，並示意要我坐到他旁邊。

「好，所有的實驗都從問題開始。你想問什麼問題？」

我想了幾秒鐘後說：「我覺得狗很好玩。」邊說邊指著我們家五歲的布朗尼，牠是隻混種的拉不拉多。

「啥？你在講什麼鬼？這算哪門子問題啊！」

「那就……大家覺得狗好玩嗎？」

「我他媽的老天呀！」他揉了揉太陽穴後又說：「要像樣點的問題，例如：大的物體落下的速度是否比小的物體快。要問就問這類的問題！」

「好，那問題可以跟狗有關嗎？」

「隨你便，跟狗屎有關都可以。好，既然你非狗不可，那就問：狗會分辨形狀嗎？聽起來不錯吧？」

確實不錯。我很愛布朗尼，當然很高興牠能參與實驗。老爸幫我草擬了實驗每個步驟，基本流程如下：我每天要在狗狗面前舉起三張紙，上面分別畫著三角形、圓形和正方形。如果我舉起的是圓形，就要給牠吃東西；如果是正方形，就要叫牠坐下；如果是三角形，就不必做任何事。訓練十五天後，我再另外進行兩天測試，依然秀三種形狀給布朗尼看，但不給牠任何東西或指令，再把牠的反應記錄下來。實驗目的就是觀察布朗尼看到形狀後，是否會預期到我訓練期間的動作而有所反應。而我的任務就是把這十七天的訓練過程和結果，詳實記錄在實驗日誌中。

進行「研究」的第一天，實在無趣到極點。狗狗根本搞不清楚狀況，只會直愣愣地看著拿圖片的我，然後不時舔舔毛。牠大部分的時間只想玩，所以我就開始到後院讓牠追著跑，跑到累為止。老爸每晚都忙到半夜，也不知道我沒好好做實驗。他會不時問一下我的進度，我都說一切順利，自以為時間還很多，只要在作業繳交期限前十七天開始就行了。可是，我之後卻把這件事忘得一乾二淨。

某天課堂上，老師提醒我們三天後就是交實驗報告的日子，我聽到的當下有如晴天霹靂。那天是媽媽接我放學，我一到家就衝進房間，關上門，拿出實驗日誌，開始憑空捏造實驗紀錄，再亂掰實驗日期。我很快就想到一個狡猾的辦法來隱藏自己偷懶的事實：直接寫說實驗到了最後，狗狗漸漸可以辨認形狀，而在最後兩天的測試中，我不需要給狗狗獎賞，牠也可以對不同形狀做出正確的反應。我記得巴夫洛夫曾對狗兒進行類似的制約實驗[1]，搞不好這位膽大妄為的俄國學者也做過我這個實驗。好，推論到此為止。

好死不死，老爸那天比平時早回家，我聽到他踏進家門的當下，正好寫完最後一項「實驗結果」，隨即把筆往旁邊一丟，以湮滅任何造假的證據。然而他彷彿知道我心裡有鬼似的，竟然直接走進我房間。

他劈頭就問：「實驗進行得怎麼樣？」

我還來不及回答，他就看到我的實驗日誌，立即拿起來翻。

「實驗記錄都在裡面了，爸。」

他完全沒注意我說什麼，專心閱讀我寫的紀錄；一頁頁讀完後，消化了一下我的實驗結果，把日誌放回桌上，看著我。

「看樣子狗會辨認形狀了吧，嗯？」

我答道：「對啊，好怪哦。」努力想含糊帶過。

他說：「是啊，還眞夠怪的。想必你不會介意我稍微測試一下囉，我也想親眼瞧瞧。」

我心頭一麻，腦子裡只有一個念頭：搞不好狗狗眞的會分辨形狀，做出反應跟我寫的一模一樣也說不定。老爸二話不說便從地板上拿起那幾張縐巴巴的圖片，然後往院子走去。

「不過有時候狗狗什麼反應都沒有，可能要看牠心情之類的。」我試圖爲可能發生的結果打預防針。

老爸充耳不聞，喚了兩聲布朗尼，牠隨即向我們跑來。然後老爸舉起第一張圖，上面是個三角形，拿給口水直流的布朗尼看。根據我的「數據」顯示，布朗尼看到三角形不會有任何反應，牠也眞的沒反應；衰的是，牠看到圓形和方形也一樣沒反應。照理牠看到圓形時應該跑來嗅嗅我的手要東西吃，看到方形則要坐下。布朗尼一下就跑走了，老爸轉過頭來，直視我的眼睛，用平靜得令人不寒而慄的口吻說：「我現在給你個機會，你有沒有什麼話要跟我說。」

我立刻哭了出來，一把鼻涕一把眼淚地告訴他我忘記做實驗，所以只好瞎掰數據。老爸一手扯走我的筆記本，撕成兩半，猛然往外一甩，本來應該是想甩到籬笆外的，但只見鬆散的內頁在半空飛舞，猶如節慶時施放的彩色紙片，只不過難看多了。接著他發狂似地往飄散的紙張一陣亂踢，但這樣還不夠，於是抓了一個布朗尼的玩具往院子丟，十足有鉛球比賽冠軍的架勢。布朗尼很快就叼著玩具，蹦蹦跳跳地跑回來，準備玩第二輪的丟接遊戲。老爸瞬間大暴走。

他嘶吼著：「鬼話連篇！你寫的全是屁話！」

我吼回去：「是你說要給我機會說的！」

「對，你是說了，東西全都是唬爛的！王八蛋！」

老媽連忙跑出來看發生了什麼事，她不斷安撫老爸，後來乾脆拉他進房間好好講。十來分鐘後，老爸回到後院，氣還沒消。

「你把整個科學界的臉都丟光了。你這是婊了愛因斯坦，還婊了所有人！」

我趕緊低頭認錯道歉。

「搞清楚，老子就是靠這行吃飯的，所以他媽的**非常**重視這件事！」

「我懂。」

「你懂個屁！所以接下來你要照我說的做。」

他要我去跟老師自首，表明自己不但沒做實驗還假造數據，然後問老師我是否能在全班面前，針對欺騙行爲宣讀自己的悔過書。

「如果老師說這件事就算了，你給我堅決告訴她，無論如何都要唸。你的悔過書**先**給我看一遍，才能帶去學校唸給大家聽。我說了算！」

隔天上課，我把整件事跟老師說了，於是等上課鐘響之後，她告訴全班我有話要說。我站起來，開始朗讀事先寫好的悔過書，開頭幾句大致如下：「致全體同學與科學界前輩：本人近來的行爲實屬詐欺，擅自編造數據，此舉足以影響人類健全發展，使全體人類蒙羞。」之後就是一些差不多口吻的句子，但在場包括我在內，沒人聽得懂我在講什麼鬼話。我邊朗讀邊偷瞄另外三十位六年級的同學，他們全都傻傻望著我發呆。我唸完後便坐下，老師先謝謝我，向大家提醒了幾句做人要誠實的道理，就開始上課了。

當晚回家後，老爸問我事情經過，我就說已經宣讀悔過書了，老師還謝謝我。

「很抱歉，我得對你這麼嚴格，我可不希望別人以後把你當作騙子大混球。你不是個騙子，是個堂堂正正的人。現在給我回房間去，你被禁足了。」

1 巴夫洛夫的狗（Pavlov's dogs）：古典心理學的制約反應實驗，餵狗的時候搖鈴，久而久之，狗只要聽到鈴聲就會流口水。

★ 論「尊重他人隱私」

「還不快滾出去！我在辦事。」

☆ On Respecting Privacy

"Get the fuck outta here, I'm doing stuff."

★ 論「表露恐懼」

「大家都夾著尾巴想落跑的時候，最容易看清楚一個人的真面目。至少可以看清楚夾著尾巴的屁眼，還有那條尾巴的鳥樣子。」

☆ On Showing Fear

"When it's asshole-tightening time, that's when you see what people are made of. Or at least what their asshole is made of."

★ 論「兒童安全」

「不准碰刀子。你是絕對用不到刀子的……我管你，就學著用湯匙塗奶油！」

☆ On Child Safety

"Don't touch that knife. you never need to be holding a knife. . . . I don't give a shit, learn how to butter stuff with a spoon."

★ 論「假設性的問題」

「不可能，你再怎麼假設，我都不可能去吃人，所以你可以停止胡扯這些情節了，懂嗎？拜託，你是成天沒事幹，只能瞎掰這些爛問題嗎？」

☆ **On Hypothetical Questions**

"No. There's no scenario where I'd eat a human being, so you can stop making them up and asking me, understood? Jesus, is this how you spend your day, just coming up with this shit?"

★ 論「跟其他小朋友玩」

「給我聽著，我知道你討厭跟那個小胖子玩，因為他媽媽很機車。但沒品的是他媽，又不是那個小朋友，所以你要對他好一點。」

☆ **On Playing with Other Kids**

"Listen, I know you hate playing with that chubby kid because his mom's a loudmouth, but it's not that kid's fault his mom's a bitch. Try to be nice to him."

★ 論「分享」

「很抱歉，如果你哥不讓你玩他的屁東西，你就不要玩。那畢竟是他的。如果他想當個不懂得分享的渾球，那也是他的權利。你當然也有權利去當渾球，不過建議你平時還是大方一點。」

☆ **On Sharing**

"I'm sorry, but if your brother doesn't want you to play with his shit, then you can't play with it. It's his shit. If he wants to be an asshole and not share, then that's his right. You always have the right to be an asshole—you just shouldn't use that right very often."

★ 論「公平競爭」

「作弊可沒那麼簡單。你可能以為很簡單，其實難得很。我敢打包票，你作弊的本事，一定比你照規矩來的工夫還要爛。」

☆ On Fair Play

"Cheating's not easy. You probably think it is, but it ain't. I bet you'd suck more at cheating than whatever it was you were trying to do legitimately."

★ 論「玩具丟得到處都是」

「靠！我坐到你那個什麼玩具貨車了……變形金剛？管它叫什麼鬼，離我屁股遠一點！」

☆ On Leaving My Toys Around the House

"Goddamn it, I just sat on your goddamned truck guy. . . . Optimus Prime? I don't give a shit what it's called, keep it away from where I like to put my ass."

★ 論「睡衣派對」

「櫥櫃裡有洋芋片，冰箱裡有冰淇淋，不准碰刀子也不准玩火。好，說完了，我要去睡了。」

☆ **On Slumber Parties**

"There's chips in the cabinet and ice cream in the freezer. Stay away from knives and fire. Okay I've done my part. I'm going to bed."

No.5

絕對不可小看一塊錢的價值

It's Important to Know the Value of a Dollar

" Let's just shut the fuck up and eat. "

我父母都出身貧寒。母親小時候住在洛杉磯市郊一個貧窮落後的義大利區，家裡共有六個小孩，我的外祖父外祖母在我母親十五歲左右就雙雙過世，之後兄弟姊妹便分別由幾個親戚收留；父親則是在肯德基州的一個農場上長大，全家都是佃農，他十四歲的時候，祖父才把農場買了下來。

老爸有次這麼跟我說，以說明他小時候家裡有多窮：「我以前只要耳朵痛，我媽就會把尿倒在我耳裡來止痛。」

「但這很怪，爸爸，不太像窮人會做的事。」

他思考了一下之後，說：「也對，這個例子舉得不太好。」

反正爸媽只要找到機會，就會提醒我們三兄弟要惜福。只要我們週末都在和朋友鬼混不做正經事，老爸就會說：「你們一下玩滑板、一下騎腳踏車，咻來咻去很跩嘛，你他媽的自以爲是英國女王啊！」

有時我爸媽會擔心我和我哥太好命，不懂得珍惜每塊錢的價值或是無法體會生存奮鬥的辛苦。老媽早在念法學院及研究反貧窮法之前，就已投入大量時間到聖地牙哥的貧窮社區當志工；她幫助許多領社會福利金的家庭及遊民家庭，發起課後輔導計畫，或協助這些家庭自立自足，不再需要仰賴福利金過活。每次我只要發牢騷，她就會拿這些家庭當例子。

記得我十歲的時候，她有次在晚餐時問我：「你爲什麼不吃義大利麵？」

我答道：「因爲裡面有青豆。」

「那你把青豆挑出來呀。」

我嚷嚷：「可是妳明明知道我不喜歡青豆，爲什麼還放青豆進去？」

老爸本來吃著麵，突然抬起頭來對我大吼：「你說什麼？媽的，你這小子講話給我小心點。她可是你媽，在家裡的地位可跟你們不一樣。她在這裡的話（一隻手往他頭上比了比），你就在這裡（另一隻手往餐桌下比，幾乎快碰到地板）。如果她決定以後除了青豆什麼屁都不煮，你就每天乖乖坐在那，死也要給我吃下去，吃完還要說『謝謝我還要』。」

我頂回去：「我怎麼可能還要？我又不喜歡青豆。」

老爸叫我離開餐桌回房間去，至少我想他的意思是這樣，因爲他那時只顧咆哮，滿嘴青豆都還沒吞下。大約一個星期之後，有一天我媽從法學院圖書館回到家，時間比平時來得晚，一進門就看到我和艾文坐在沙發上看電視，我爸則在一旁的躺椅上打盹。她關掉電視，搖醒我爸，告訴我們她有事情要宣布。

她宣布說：「以後貧苦人家吃什麼，我們家就跟著吃什麼。」

我悄悄問艾文：「『貧苦人家』是什麼意思？」

他答道：「就是窮人之類的。」然後擔心得眉頭都皺在一塊，像蜘蛛網一樣。

老媽進一步說明，原來她那天去了一家雜貨店，她當志工時認識的一些貧困家庭都會拿食物券去那裡買東西。她說那裡的食物看起來都很糟，但即使再糟，都還不是要銷毀的過期品，最後說：「接下來一個禮拜，全家都要吃我從那家店買回來的食物，也只能花跟他們一樣多錢。」

「爸？」我趕緊向老爸求救。

「爸爸當然也贊成。」老媽還沒等老爸吭聲就替他回答了。

兩天後，我們家冰箱和櫥櫃都塞滿了看起來醜到不行的食物。我記得那時心裡還這麼嘀咕著：**窮人吃的罐頭食品還真多！**很多罐頭上標示的是某種肉類，並且印著「水煮」，包括水煮火腿、水煮雞肉、水煮牛肉丁等等。至於麵包則裝在白色塑膠袋中，上面只寫著：現烤新鮮白麵包。

我拿起一片麵包問艾文：「這怎麼會是新鮮的呢？」麵包不但軟趴趴，上面還沾著很多麵粉。

「不知道，大概是指剛烤好的時候是新鮮的吧。」

窮人飲食計畫開始實施的第一天中午，我打開媽媽包好的牛皮紙袋準備吃午餐。抽出來的是一樣混合多種食材的食物，非常難聞，貌似火雞三明治。我拿到面前仔細端詳，麵包有如兩片軟爛的砂紙，火雞肉活像賴瑞金的皮膚，蒼白又乾柴。

我同學亞倫盯著我的三明治說：「這也太噁爛了吧！」好像它是什麼海嘯後被沖上岸的生物屍體。

當天下午我一回到家，就直奔艾文的房間，問他午餐袋是不是也裝著難以下嚥的火雞三明治。結果不出所料。然後我們都做了同樣的事：丟掉三明治以及狀似胡蘿蔔的配菜，只勉強吃了那塊白色的美式乳酪當「午餐」。我很想跟老媽抗議，但艾文向來不具革命性格，況且我也不打算單方面抗爭。唯一的希望剩我爸，只能祈禱他也覺得這些食物很噁，願意為這件蠢事劃下句點。

幾個小時後，我們幾個兄弟泡在客廳等吃晚餐，老媽穿著圍裙，手拿一支大湯匙，跟我們宣布當晚菜色：「火雞濃湯！」一陣陣怪味從她身後的廚房飄進客廳。

我看了看老爸，他專心在看晚間新聞，絲毫不為所動。我焦慮萬分，深怕我的生理機制無法吃進我媽端出的東西；有鑑於自己通常一緊張就什麼也吃不下，我決定用正向思考自我催眠，說服自己事情還沒有那麼糟糕。

我說：「我喜歡吃火雞對吧？」

老爸依舊盯著電視，完全沒看我一眼就說：「你是在問我，還是在說給我聽？」

「說給你聽啊，我喜歡吃火雞。」

「喔。」他頓了一下又說：「那干我屁事嗎？」

看樣子他心情不太好，所以我就沒再接話。自己告訴自己喜歡吃火雞真管用，我覺得比較有自信面對火雞濃湯了。

幾分鐘後，全家人已就座準備開動，老媽幫每個人都盛了一碗內含塊狀物的棕色液體，我猜想灰熊的「落屎」差不多就長這樣。塊狀物有白有紅，湯本身有如過稀的燕麥粥。全家人面面相覷，就連我媽也面帶猶豫。我把湯匙伸入碗裡，小心翼翼避開塊狀物，舀起一匙湯，慢慢放到嘴邊，好像自己是即將咽下自殺藥丸的間諜。我小啜一口，馬上吐了出來。

老爸大叫：「你搞什麼啊！我們在吃飯耶，噁心死了！」然後把湯匙扔到桌上。

我說：「我喝不下去！我試一口了！」艾文則在一旁竊笑。

老媽回答：「你再喝喝看嘛。」

「喝了啊！我喝不下去，好噁！」

她又答道：「窮小孩就是吃這種東西。我們家要跟著這樣吃，才能體會那些弱勢人家所受的苦。」

「我可以體會啊！但人家現在只是想吃其他東西嘛！」我說到眼眶泛淚。

「別吵了，全都給我閉嘴，吃就對了！」老爸說完就舀了一匙湯喝了下去。

「幹！這也太難喝了！我不喝了。」

我大聲說：「看吧！」

他看著我和艾文：「我可以不喝，但你們兩個要喝。」

我喊道：「**什麼？！**」

我起身衝出飯廳，跑進房間把門甩上。我以爲老媽隨後就會進房間安撫我，請我回去吃頓正常的晚餐，像肉丸義大麵或是雞肉馬鈴薯。搞不好她還會開車到「魔術盒」[1]買我最愛的脆辣雞肉三明治，以撫平窮人飲食計畫帶來的心靈創傷。

十分鐘過去了，沒有人來敲我房門。我下定決心，除非有人進來關心我，否則我絕對不離開房間。

又過了十分鐘，沒人來；一小時後，沒人來；三小時過去，還是沒人來，然後不知不覺就十點了，到了我睡覺的時間。我關燈爬上床，又餓又氣。突然間，我的房門開了。

「媽……」我故意語帶不爽，以爲她今晚跟往常一樣是來幫我蓋被子的。

「我是你爸啦！」老爸高大的身影移動到床邊，身後走廊透進微微的燈光。

「嗯……」我冷冷地回答。

他坐在床邊，把手放在我的肩上說：「你這孩子實在很難搞，但老爸還是愛你。」說完還自己笑了笑，但我默不作聲。

「我知道你很氣，我也了解你**為什麼**生氣。」

我斬釘截鐵地說：「了解才怪！」

「拜託，你也不過十歲。我會不知道一個十歲小鬼的腦袋裡裝什麼嗎？」

我們的對話效果似乎適得其反，並沒有讓我的心情好轉，老爸好像也發現這點，於是語氣稍微變得溫和了些：「我知道你覺得既然都要吃ㄆㄨㄣ，我應該陪你們吃。但我自己不吃，卻要你們吃，所以你才氣，對吧？」

「嗯。」

「老爸以前很窮，你媽也是。我努力讓你們過好日子，就是希望你們永遠都不用受那些苦。」

我問：「那為什麼要給我們吃這種東西！」

「兒子，你只要吃一個禮拜的窮人餐，你媽小時候可是連這種食物都沒得吃。你今晚那樣發脾氣，她會很難過的，這就好像你當著她的面，說你根本不在乎她以前吃過什麼苦。懂嗎？」

我說我懂，然後老爸又稍微解釋為什麼我也惹得他不高興。

「食物在我的成長過程中非常重要，不只是用來填飽肚子，更是賺錢養家的工具。所以你對食物發脾氣，就是跟我過不去。」

「但是你為什麼不用吃？媽媽早就知道很難吃，但她也吃了。為什麼你就可以不用吃？」我硬是要問。

他沉默了兩秒，把手從我肩上移開。

「嗯，兩個原因：第一，我懂得一塊錢的價值，因為我每天拚命工作賺錢，這是你還做不到的。」

我打斷：「但媽也有工作啊。」

「這就要說到第二個原因了，就是你媽人比我好太多了嘛。」

他親了一下我的額頭，就離開了房間。

1 Jack in the Box：美國知名速食連鎖餐廳。

★ 論「被蜜蜂螫」

「好、好，冷靜一點。你有沒有覺得呼吸困難？……那你想大便嗎？……不是啦，跟被蜜蜂螫沒半點關係，只是你在那邊走來走去，我以為你憋不住了。」

☆ On Getting Stung by a Bee

"Okay, okay, calm down. Does your throat feel like it's closing up? . . . Do you have to take a crap? . . . No, that don't have anything to do with bee stings, it's just you're pacing back and forth, I thought maybe you had to go."

★ 論「全家露營」

「不了，我待在家裡就好。你們去家庭旅遊，我就可以放家庭假。相信我，這樣才會皆大歡喜。」

☆ On Going Camping with the Family

"No, I'm gonna stay home. You can take a family vacation, and I'll take a vacation from the family. Trust me, it'll make both of our time more enjoyable."

★ 論「我期末成績每科都拿A」

「見鬼喔！你真是個聰明的小鬼，我不相信別人怎麼說你了……噢，不是啦，沒人說你不聰明。他們說的是別的事，沒說你笨。」

☆ **On Receiving Straight A's on My Report Card**

"Hot damn! You're a smart kid—I don't care what people say about you! . . .I'm kidding, nobody says you're not smart. They say other stuff, but not that."

★ 論「耶誕節早上實況錄影」

「好，拆禮物時笑一個……喂，笨蛋，笑的時候要看鏡頭啊。」

☆ **On Videotaping Christmas Morning**

"Okay, smile when you open your present. . . . No, smile and look at the camera, dum-dum."

★ 論「如何分辨食物有沒有壞」

「我怎麼知道這東西還能不能吃？就給我吃，吃出病來就知道它壞了。難不成你們以為你爸眼睛是顯微鏡啊！」

☆ **On How to Tell When Food's Gone Bad**

"How the fuck should I know if it's still good? Eat it. You get sick, it wasn't good. You people, you think I got microscopic fucking eyes."

★ 論「面對霸凌」

「你早晚會碰上混蛋，但記住，不能只從蛋蛋大小去判斷他們有多危險，真正要看的是他們的蛋生出什麼來。」

☆ On Dealing with Bullies

"You're going to run into jerk-offs, but remember; it's not the size of the asshole you worry about, it's how much shit comes out of it."

★ 論「安靜」

「你給我安靜就好……靠，誰說我討厭你，我是說，現在，我比較喜歡的是安靜。」

"I just want silence. . . . Jesus, it doesn't mean I don't like you. It just means right **now, I like silence more."**

No.6

唱衰務必看對象

Not Everyone’s Balls Should Be Busted

幹，我忘記載你了……抱歉抱歉。還有，我再也不幹那個爛球隊的教練了。

" Shit, I forgot to pick you up, didn't I? Sorry about that. Anyway, I'm not coaching that fucking team anymore. "

我十歲那年，老爸不知少了哪根筋，竟然自告奮勇要當我們學校的少棒教練。不過六個月後，也就是一九九一年的春天，山姆・哈本先生的教練生涯卻在一片怒火中劃下句點。

一九七二年，老爸搬到聖地牙哥諾馬岬這個濱海郊區，當時居民大多是軍人出身。由於他曾在海軍服役，所以那裡的氣氛帶給他一股親切感，加上有許多聊得來的鄰居，他住在那裡感到相當自在。但也因爲諾馬岬鄰近海灘，許多有錢人便紛紛前來置產，我們家的三房小屋也逐漸被一棟棟豪宅所圍繞。老爸對此十分不悅。後來我家隔壁搬來一對年輕夫妻，而不再是原來那位碩果僅存的老軍官，老爸便跟我們正式宣告：「我死也不要被這些自以爲雅痞的人同化。」

想當然爾，我參加的少棒隊就有一堆這些雅痞生的小孩，而且幾乎個個嬌縱又無禮。用肚臍想也知道，我爸不太適合來當教練，但他熱愛棒球也愛他的兒子，我想他大概覺得有這些理由就夠了。

身爲教練，老爸只立下一項規定：不管大家能力高低，每場球賽中所有人的上場局數都要一樣。他在首次集合時宣布：「這是少棒，你們大多數人都是遜腳，但不要緊，只要多練習就會比遜腳好一點。」

所以我與隊友在每場球賽都輪流上場，每個人也都能練習到四局。有時候沒辦法剛好四局，就得有人多坐一局板凳，而那個人就會是我。老爸安慰我：「你是個聽話的小孩，我想你自己也知道。至於其他小孩，如果要他們下場，就會他媽的哭個沒完。」

「那如果我也哭了，就可以上場囉？這不公平！」

「少來，如果你眞的哭給我看，我還是會給你坐冷板凳，而且讓你坐更久。不過是少打一局有什麼好哭的，而且還是這種爛少棒。人生就是這麼鳥，誰叫你是我兒子。」

老爸當少棒總教練的頭幾個月，隊上其他小朋友和他們父母都不太喜歡他，認為上場機會均等這個規定太死板。某次球賽進行到一半，有個小朋友的爸爸開始在看台上氣沖沖地嗆我爸，他覺得自己的小孩應該多打幾局。

那個自以為是的爸爸大吼：「都是你害我們快輸了！你竟然叫最強的球員坐板凳？白痴嘛你！」

老爸喃喃自語道：「最強的球員？請問你看的是哪場球賽。」

那個爸爸嗆個沒完，沒察覺哈本教練已不堪其擾、怒氣直線上升。該局一結束，老爸二話不說就衝出球員休息區，直奔看台。

「每個人上場局數要一樣，這是我的規矩。我們又不是在打世界大賽，是在打少棒！我們右外野手的屁股整場都黏在板凳上，連**他**都懂規矩沒吭氣，你吵什麼吵？」

老爸突如其來的大爆發，讓在場父母暫時安靜了下來，但我還是聽到其他小朋友在私底下抱怨連連。

一個多禮拜後進行守備練習時，有個叫馬古斯的小朋友拍了一下我的肩膀，我轉頭過去，他就說：「我爸說你爸是混帳。」

我不知道該怎麼回應，站在原地愣了一下，最後說：「哪有，他才不是。你爸亂說。」

忽然有一顆球打到我的小腿，我轉過身來才發現原來輪到我練習滾地球了，老爸看我在發呆所以才丟了顆球過來。

「專心點！別占著茅坑不拉屎。」

虧我剛才還幫他說話，他現在又自毀形象。

每次練習，那些嬌縱的小朋友和難搞的父母都會踩到我爸的地雷。他原本只是想教教棒球，豈料最後反倒像在磨練自己的耐性和自制力。

終於在五月的某次練習時，他長期以來累積的不滿情緒到達臨界點。那天酷熱難耐，小朋友都不想做那套我爸從軍中學來的基本操練。在界外竿之間來回衝刺幾趟後，其中一個小朋友「揭竿起義」，公然抗命。

這位隊友大聲嚷嚷，公然向我爸示威：「這個練習好白痴，打棒球又不只是在跑來跑去，眞正的教練就會知道！」。

這句挑釁一傳進我爸這位大無畏的教練耳裡，他的反應跟布魯斯威利在《靈異第六感》結尾時發現自己原來已經死掉時一樣：既震驚又窘迫，然後不斷深呼吸試圖冷靜下來。然而這項努力終究是白費工夫。

兩人的爭辯越演越烈，最後我爸對著十四名小朋友和一位早已嚇壞的助理教練嘶吼：「你們要練他媽的自己去練，死也不要來找我！」這位助教名叫蘭迪，之所以會來幫忙帶球隊，是因爲老婆跑了，只好靠忙碌來轉移注意力。當時他的內心可說是十分脆弱，經不起什麼打擊。

「交給你了，蘭迪！打爆你們的頭吧！」

老爸撂下這句話就走了，開車揚長而去。很不巧的是，他只顧著生氣，完全忘記要載我一起回家。球場離家大概有五公里遠，當時情況尷尬，小朋友都盯著我瞧，蘭迪又一副快哭出來的樣子，我也不打算請別的家長順便載我，所以決定自己走路回家。

一小時後，我離家大概還有兩條街，老爸把車子開到我旁邊慢速前進，搖下車窗說：「幹，我忘記載你了。」我點點頭。他又說：「抱歉抱歉。還有，我再也不幹那個爛球隊的教練了。」

老爸辭掉總教練一職後，仍然出席我的每場球賽，關心球隊在該季結束前的表現。球隊沒練習的時候，我們父子倆會自己去練投球，一個禮拜兩次。

「蘭迪對球賽懂個屁，丟球的樣子活像個娘兒在丟飛鏢。」

某天，我們到球場練習的路上，老爸換了一條路線。

我問：「我們要去哪？球場是反方向耶。」

他說：「我們要去接羅傑，他要跟我們一起練球。」

羅傑是隊上最古怪的小朋友，我只知道他身上總散發出一股難聞的味道，好像壞掉的水果混合了體香劑。他其實球投得很好，只是常在中局時突然崩潰，投得一場糊塗。

我問：「爲什麼要接羅傑？」

「既然我都要教你投球，他又是隊上另一個投手，我想我可以一次教兩個。」

我們在一棟公寓前停了下來，老爸停好車，羅傑隨即走了出來。接下來兩個多禮拜，羅傑都跟我們一起練投；練習過後，老爸就會買冰淇淋給我們兩個吃。我完全沒跟其他小朋友提起這件事，畢竟我在隊上已經不是很受歡迎了，絕對不能再和羅傑扯上關係。

該季倒數第二場的球賽上，我們遇到勁敵。我投了前三局，比數持平；然後換羅傑上場，他在第四和第五局表現優異，對方毫無招架之力，球賽進行至五局下半時，我們取得領先。第六局，羅傑登上投手丘時，另一球隊的某位家長起身站在圍欄後方，距離本壘板約三公尺處。他名叫史提夫，高大魁梧，還有大大的啤酒肚，看起來很像大力水手裡的反派角色。

每次羅傑準備開始投球，史提夫就會故意擾亂他的情緒，向他的兒子和隊友大喊：「他沒本事把你們三振的，儘管接球！他會把你們通通保送上壘！」

羅傑每投一球，史提夫就唱衰，讓羅傑亂了分寸，越投越差，最後都快哭出來了，投出的球都偏離打擊區至少二公尺，於是蘭迪就走到投手丘把羅傑換下來。羅傑回到休息區，坐在我旁邊啜泣。蘭迪叫他的兒子小蘭迪上場，但小蘭迪球投得跟他老爸一樣爛，沒兩下就丟掉六分。我們就這樣輕易輸掉了球賽。

賽後老爸走過來跟我說：「你跟羅傑在這裡等一下，我們要載他回家，但我要先去處理點事。」

他往停車場走去，史提夫正在那裡幫他兒子收拾球具。我大概只在原地等了三十秒，也跟著往停車場走去，因爲我實在不想待在大小蘭迪旁邊。他們跟別人說再見的方式不是揮手或擊掌，而是要一個個擁抱，而我最怕來這套。

我一走到停車場，就看到老爸和史提夫在激烈爭論。

史提夫說：「比賽就是這樣，山姆。」

老爸答道：「我聽你在放屁。」

「你說話小心點，山姆。」

「那孩子的老爸是個酒鬼，整個家被搞得烏煙瘴氣的，你又不是不知道！剛才還在那邊對他大吼大叫，故意搞得他心神不寧，好像這是他媽的職棒冠軍賽，非要你兒子贏球不可。你這還算是個大人嗎，去你的，腦袋有問題啊你？」

史提夫沒正面回應我爸，只嘀咕了幾句，就和他兒文凱文上了小貨車，快速駛離。我爸後來先帶我和羅傑去吃冰淇淋，再送羅傑回家。一路上我們都很安靜，雖然我不太清楚發生什麼事，但我知道老爸很生史提夫的氣，所以爲了讓他心情好一點，我便氣呼呼地說：「爸，我也不喜歡史提夫，他和凱文都是肥豬，自以爲很強。他們不過就是又高又胖而已，沒什麼了不起。」

老爸停車的時候仍然不發一語，然後才轉過頭來說：「兒子，你剛才說的話我一句也聽不懂。把鞋脫了再進屋來，我覺得你踩到狗屎了。」

★ 論「八年級畢業典禮」

「八年級畢業典禮？我們兩年前才去你六年級的畢業典禮耶！有完沒完啊，乾脆每次你拉完屎都辦個派對慶祝好了！」

☆ **On My Eighth-Grade Graduation Ceremony**

"They're celebrating you graduating from eighth grade? We just went to your sixth-grade graduation two goddamned years ago! Jesus Christ, why don't they just throw a fucking party every time you properly wipe your ass?"

★ 論「青春期」

「還適應青春期嗎？……我怎麼知道你現在是青春期？哦，我也忘了，大概是有一次看到馬桶蓋上突然出現幾百根你留下的陰毛才注意到的吧。」

☆ **On Puberty**

"How's puberty treating you? . . . How do I know you're going through it? Oh I don't know, maybe it's the three hundred dick hairs you suddenly leave all over the toilet seat that clued me in."

★ 論「《辛德勒的名單》播到一半時，請他遞糖果給我」

「你要什麼東西？糖果？他們都把猶太人丟到該死的毒氣室了，你竟然還在那邊給我要糖果？」

☆ **On Asking to Have the Candy Passed to Me During Schindler's List**

"What do you want—the candy? They're throwing people in the fucking gas chamber, and you want a Skittles?"

★ 論「不小心吃到狗食」

「Snausage？我吃了一堆狗零食？靠你沒事幹嘛把狗食跟其他食物放一起？去他媽的，反正它很好吃，沒什麼好丟臉的。」

☆ **On Accidentally Eating Dog Treats**

"Snausages? I've been eating dog treats? Why the fuck would you put them on the counter where the rest of the food is? Fuck it, they're delicious. I will not be shamed by this."

★ 論「參加高一足球隊甄選」

「我絕不會讓你去參加甄選，你瘦成那副德性……我就直說好了，你不是想幹什麼就幹什麼，況且你絕對算不上什麼男子漢啦。」

☆ **On Trying Out for the Freshman Football Team**

"I ain't letting you try out, you're too skinny. . . . No, I hate to break it to you, but you can't do whatever you want and you most certainly are not a man."

★ 論「『歡笑一籮筐』主持人的舉止」

「記住那張臉，有那張臉的人一定很討厭他自己。」

☆ **On Bob Saget's Demeanor While Hosting America's Funniest Home Videos**

"Remember that face. That's the face of a man who hates himself."

★ 論「怯場」

「那些人沒什麼好怕的。他們也是會吃喝拉撒睡，跟你一樣。嗯，也不盡然，你的胃不太好。」

☆ **On Being Intimidated**

"Nobody is that important. They eat, shit, and screw, just like you. Well, maybe not just like you. You got those stomach problems."

★ 論「培根的療效」

「別在那邊窮擔心了，來吃培根吧……什麼？哦，我哪知道培根能不能讓你舒服點，我只是不小心煎太多培根了。」

☆ **On the Medicinal Effects of Bacon**

"You worry too much. Eat some bacon. . . . What? No, I got no idea if it'll make you feel better, I just made too much bacon."

Shit
My Dad Says

No.7

凡事盡力，若不成得當機立斷

Try Your Best, and When That's Not Good Enough, Figure Something Out Quick

你屁咧，關在房裡跟關在牢裡哪裡一樣。你又不用擔心被別人輪姦。

" Oh spare me, being stuck in your bedroom is not like prison. You don't have to worry about being gang-raped in your bedroom. "

老爸向來都十分重視教育和努力，他不止一次對我說：「如果你用功讀書、認眞工作，卻搞砸了，那沒關係。如果你成天只會鬼混，那才是眞的沒救。」然而，學校生活是否過得順利且快樂，除了努力，還有很多其他因素。或許其中最重要的，莫過於人際關係了。

我剛升國中的時候，身高大約一百五十公分，體重不到四十公斤，戴著粗框眼鏡，而且據爺爺所言，聲音像個小女生。我當時多少知道自己長得哪副德性，記得某次去「海洋世界」參觀的時候，有位漫畫家畫了一幅我的漫畫肖像，雖是誇張了些但整體而言還眞像。基本上就是電影劇本裡最容易構作的角色：典型書呆子。我媽當時以爲「笨拙」的外表意味著極富創意的內涵，所以我升上七年級的時候，便說服我爸送我到創意表演藝術學校就讀，那裡的小孩看起來都跟我一樣拙。但七年級結束後，爸媽發現送我上那所學校根本是浪費錢。

老爸說：「一年過去了，我壓根沒看過你**創造**或**表演**出什麼名堂來，花這麼多錢送你去什麼『創意表演藝術學校』根本是毫無意義！」老爸這麼跟我說，無疑是提醒我要滾回公立學校了。

我剛升八年級時，青春期仍然沒報到，我看起來就跟一年前一模一樣——事實上，我還覺得自己的聲音更高更細了。第一天到校才不過五分鐘，我就已經清楚知道八年級的生活會是什麼樣子。

我在導師要求下跟全班自我介紹。

「我叫賈斯汀．哈本。」

一個長著鬍鬚的大男生安德烈，向我靠了過來，低聲地說：「喂，新來的。」

「怎麼？」我緊張答道。

「你的聲音爲什麼這麼娘？」

現在快轉到一年後，我升上九年級，不但長高了十幾公分，也比較有自信，被叫「娘砲」的頻率大概減少了八成。我也結交了一些朋友，而八年級時那些愛找我麻煩的同學，現在也多半懶得理我。

開學一星期後，老爸發現我放學回家時春風滿面、十分雀躍，就說：「喲，你現在走路會用跳的啦？看起來像是剛大完便很爽。」

我重拾了快樂的社交生活，卻也開始忽略課業，拿到九年級第一張期中成績單時，上面平均（GPA[1]）只有2.33，我知道不太好，卻也不覺得有多爛。但老爸可不這麼認為。

「沒有很差？拎老師，這可不是麻省理工學院而是九年級！看看這是什麼爛成績！」他邊說邊高高舉起成績單。「九年級的新聞學竟然也可以拿C？有沒有搞錯啊？你是他媽的在《紐約時報》工作嗎？寫不出像樣的貪污報導嗎？拜託勒，真是豈有此理。」

爸媽私下討論如何拯救我的成績，然後老爸就跟我說，接下來一個禮拜，除了上學和上廁所，不准我離開房間半步，他們會把餐點端到我房間來。

我大叫：「什麼？太誇張了吧！一堆同學成績比我爛，而且這只是期中成績耶！又不會列入最後成績！」

老爸回答：「少囉嗦，我懶得聽你一堆屁話。以你的聰明才智，拿這種成績像話嗎？這就代表你懶散成性，只想鬼混。」

「哪有人這樣的！你乾脆把我關起來好了！這根本就是坐牢！就因為平均2.33分！」

「你屁咧，關在房裡跟關在牢裡哪裡一樣。你又不用擔心被別人輪姦。」

把我的平均分數拉下來最多的科目是數學。但隔天上學，我發現數學也害慘了很多同學，包括我在內，全班有三分之二的人被死當。我們的數學老師非常嚴，常跟我們說他不會手下留情，不及格就直接當掉。

我被「軟禁」的第一晚，老爸一下班回家，就換上運動褲，晃進了我的房間。

「數學課本拿出來，我們一起來治治你的笨腦袋。」老爸坐在我的床上，指著壓在我髒衣服底下的那疊書，又說：「靠！開個窗戶吧，你房間臭死了。」

我們開始複習課本內容，老爸發現我不但不會解題，更沒有解題必備的基本概念。

他問：「學校連這點屁都沒教嗎？」

我告訴他沒有，並且附帶提到我們老師說不及格就直接當掉。

「什麼？聽他在鬼扯，拎老師竟然說這種話！我要跟他好好聊聊，明天我就去你們學校。」

隔天，我坐在教室裡，深怕老爸隨時會出現；這樣的恐懼感就像你坐在雲霄飛車上，慢慢往頂點爬升，等待第一次向下俯衝。稍微想像一下那種恐懼，然後再加一點烙賽，因爲我那時正好肚子不舒服，都怪自己早上吃了一堆零食還有前晚在墨西哥餐館吃的起士鍋。我第一節課到第三節課狂跑廁所的同時，還一直祈禱老爸不要在我蹲馬桶時闖進教室。

第四節英文課的時候，我看到老爸在走廊跟工友說話，工友指了指我的教室。他走到教室門外等候，手拿公事包來回踱步。我整個人不禁往椅子縮。有個看起來很像常嗑藥的同學布蘭登靠過來，指著我爸說：「我打賭那男的是FBI之類的鬼單位派來的。」

我囁嚅道：「才不是咧。」

下課鈴響後，我走出教室，他說：「東西收收。我們去見你的老師。」

我問：「爸，我們不能放學後再去嗎？為什麼一定要挑這時候？」

他說：「緊張什麼，我只是要和老師聊聊天，又不會扭斷他的脖子或餵他吃大便……除非他惹毛我。」

我們走向校園角落的一個教室，我都在那裡上數學課。小朋友陸續進了教室，我那位硬脾氣的數學老師正坐在他的辦公桌前。他長得有點像達斯汀霍夫曼，不過是皺報紙皮膚版的。老爸大剌剌走到數學老師面前，我則待在走廊，不想被人看見。

老爸衝口而出：「你就是數學老師？」

數學老師站起身，露出不悅的神情。

「是的，有何指教？」

十多個已經就座的學生開始注意到他們兩個。

老爸說：「我兒子就站在外面，他是你班上學生。」

我趕緊躲到一棵樹後。

「賈斯汀！還不進來，躲在那裡幹嘛？」

我從樹後走出來，上了階梯進入教室。

老爸開口了：「聽說你要把他當掉，沒關係，如果他活該被當，儘管把他死當。但我昨天幫他溫習數學，他連基本概念都不懂，還說你根本沒教過。」

數學老師回答：「這門課叫高階數學，如果學生跟不上，應該轉到適合他們程度的班上。這門課我十二年來都是這樣教的。」

「你這門課教多久干我屁事。他跟我說全班都當光光了，都以為自己爛到沒救了。」老爸邊說邊指著坐在教室的學生，他們或許壓根沒想到自己有爛到沒救。老爸繼續說：「這我就看不下去了。」

我猜數學老師當下就發現這位家長不是省油的燈，而且很可能會讓自己在學生面前難堪，於是請我爸到外面講。他們一往外走，我立刻移進教室，裡面已經幾乎坐滿，全部同學都盯著我看。我坐到自己的位子，避免和任何人有眼神接觸。大約每隔十到十五秒，就會聽到教室外傳來他們的對話內容。老師吼道：「我絕對不准這樣做！」我爸則接著說：「少來這套！你絕對**得**准！」

坐我旁邊的同學笑著說：「哇靠，詹森老師整個被你爸K好玩的，讚～～～！」

過了兩三分鐘，老師進來了，他那張風乾福橘皮般的臉因憤怒而漲得更紅。老爸也跟著走進教室，來到我的座位說：「今天這堂課隨便聽聽就好，你明天就去別的班上數學課。」說完就離開了。

晚餐時間，老爸裝作一副沒事的樣子，但在我上床睡覺前，他把我叫到客廳。

「老實說好了，你的確不是愛因斯坦之類的天才，但不要因爲遇上那種混帳老師，就覺得自己很笨。你聰明得很，有自己的優點，知道嗎？」

「嗯。」

「不要只會『嗯』，鬱悶個屁啊。我要聽到你說出來，說你知道你有自己的優點。」

「我有自己的優點。」

「對嘛！你有自己的優點，叫那個數學老師去吃屎。」然後又補上一句：「對了，最後一件事。明天上數學課前找一下輔導老師，他們會帶你去找別的數學老師，以後只要用計算機解題就可以了。」

1 GPA（Grade Point Average），即成績點數與學分的加權平均值，滿分為 4.0。

★ 論「只顧看年度肯德基賽馬[2]而錯過我高中投出的首場無安打比賽」

「無安打比賽？！我竟然錯過了，幹！不過今年的賽馬超精采，這樣心情有沒有比較好？」

☆ **On Missing the No-Hitter I Threw in High School to Watch the Kentucky Derby**

"A no-fucking-hitter?! And I missed it. Shit. Well, the Derby was fantastic, if that makes you feel any better."

★ 論「隔年又錯過我投出的第二場（也是最後一場）無安打比賽」

「哇咧幹，真的假的！他們實在不該把球賽跟賽馬排在同一天，沒道理嘛！」

☆ **On Missing My Second (and Only Other) No-Hitter a Year Later for the Exact Same Reason**

"You have to be fucking kidding me! They need to stop scheduling these games on Derby Day. That's just silly."

★ 論「友情」

「你有很多好朋友，我也滿喜歡他們的，感覺他們不會隨便上你女友。要是你有女友的話。」

☆ On Friendship

"You got good friends. I like them. I don't think they would fuck your girlfriend, if you had one."

★ 再論「友情」

「不用介紹你的朋友給我。你的朋友只會叫你幫忙搬家，我他媽的都這把年紀了，搬個屁啊。」

☆ On Friendship, Part II

"I don't need more friends. You got friends and all they do is ask you to help them move. Fuck that. I'm old. I'm through moving shit."

★ 論「不小心打破碗盤」

「我的天，你是參加希臘婚禮還是怎樣，搞得亂七八糟。請你好好練習手眼協調，這實在是遜斃了。」

☆ On Accidentally Breaking Dishware

"Jesus, it's like going to a fucking Greek wedding with you. You need to master the coordination thing, because right now, it's busting your balls*."

★ 論「參加沒有大人的派對」

「門都沒有……是齁，有事你負責，但你那些同學我又不是沒見過，一狗票蠢蛋，包準幹不出什麼好事。」

☆ **On Going to a Party with No Adults Present**

"Not a fucking chance. . . . Yeah, you're responsible, but I've seen those kids you go to school with, and if they weren't so stupid, they'd be criminals."

★ 論「做好防護措施」

「我會放一些保險套在車子的雜物箱裡……我管你想不想跟我講這種事，我也懶得跟你講這種事。你以為我會讓你在我車裡亂搞嗎？想都別想。但我更不希望你因為沒保險套，給我搞個孩子出來，到頭來我還得幫你養。」

☆ **On Using Protection**

"I'm gonna put a handful of condoms in the glove compartment of the car. . . . I don't give a shit if you don't want to talk about this with me, I don't want to talk about this with you, either. You think I want you screwing in my car? No. But I'd much less rather have to pay for some kid you make because there ain't condoms in there."

★ 論「找工作」

「找工作要看興趣……聽過很多次？放你的屁，這明明就是我第一次跟你說，要不然你怎麼會跑到那家爛百貨公司打工。」

☆ **On Choosing One's Occupation**

"You have to do something you love. . . . Bullshit, you clearly have not heard this speech before, because you're working at Mervyn's."

★ **論「排隊看『侏儸紀公園』」**

「電影就算再好看，排隊時間也不該超過電影本身的長度。我們去看別部電影吧，不然我就要走人了，你自己搭計乘車回家。」

☆ **On Waiting in Line to See Jurassic Park**

"There is no movie good enough for me to wait in a line longer than the run time of the movie. Either we' re seeing something else or I' m leaving, and you can take a cab home."

2 肯德基州素以賽馬聞名，曾培養出許多優秀的純種賽馬，一年一度的肯德基大賽馬（Kentucky Derby）是該州一大盛事。

＊Ball＊

單數型爲「球」或「球狀物」，複數型爲「睪丸」（畢竟睪丸常是成對出現），做動詞使用時可譯爲「性交」。

"Bust your balls" 意思是「爆破你的睪丸」，當一個人的卵蛋被捏破，他也就顯得了無生氣，因此引申義爲「給你難堪」或「遜斃了」。

No.8

人不為己，天誅地滅

At the End of the Day, You Have to Make the Best Decision for Yourself

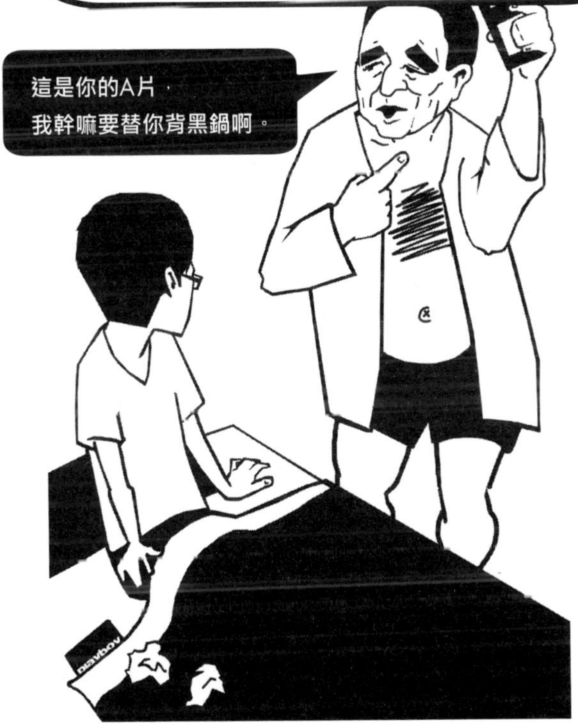

" I'm not about to take the fall for somebody else's porno movie. "

記得我十四歲那年的某天放學後，死黨亞倫突然衝進我家，上氣不接下氣，滿頭大汗。從他臉上興奮的神情，我就知道他要告訴我的，一定是前所未有的重要事情。果然不出我所料。

「喂，我在7-Eleven後面的巷子發現A片耶！」說完便從背包拿出一卷錄影帶，紙盒已經皺巴巴又沾滿污漬，想必是可憐的亞倫用錢換來的二手貨。我們兩人的反應有如一對農夫在田裡發現一袋白花花的鈔票：先是歡欣鼓舞，然後立刻互相猜忌，懷疑對方想獨吞好處。我們知道唯有合作才不會浪費掉看A片的機會，而最好的辦法就是平均分配時間：我每個月的第一和第三週保管A片，第二和第四週再換亞倫保管。

雖然那部A片我看了五十次以上，但時至今日，我其實不太記得劇情，因爲我從來沒有一次看超過二十分鐘。當時我要看片子得去我爸媽房間，因爲家中唯

——台錄放影機就在那裡；我頓時覺得自己好像一隻羚羊，發現方圓半徑一千公里內唯一的水池竟在獅子的巢穴裡。但冒了這麼多次險後，我還是覺得萬分值得。我都等到爸媽出門，再溜到他們房間自我娛樂。我甚至準備好一套「快閃流程」：只要一聽到大門打開，我就立刻把內褲從膝上拉起，同時按下**退帶**、抽出錄影帶並切換到電視模式，這樣他們就不會發現有人用過錄影機。整個計畫可說是既周延又有效率，屢試不爽。

衰的是，我還是被抓包了。

某天早上我一醒來，就看到老爸站在床邊，手中揮著那部A片，一副中了樂透的樣子。我竟然犯了看A片的大忌：把A片留在錄放影機裡。

「你要看A片是你家的事，你看你的。但是第一，不准在我房間看，我不希望某天下班回家，一屁股坐到你用過的髒衛生紙；第二，我絕不能讓你媽在房間發現A片，到時她以爲那是我的，我的麻煩就大了。畢竟這是你的A片，我幹嘛要替你背黑鍋啊。」

我慌張地問：「那你會跟媽說嗎？」。

他露出狡詐的眼神：「不會啊，我一個字都不會說，只要你不在我床上亂搞就好。」

於是我毫不猶豫地伸出手，想說既然都打開天窗說亮話了，他會把片子還我。「哈，想得美。」他掉頭就走，把A片夾在腋下，笑著離開房間。

對於一個青少年來說，被老爸發現A片又被他笑，實在有夠尷尬。但隔天早上，我更是尷尬得無以復加，因為一覺醒來發現換成老媽站在床邊，手中握著那卷A片。可惡的老爸，竟然出賣我！

老媽用近乎嘶吼的聲音，劈哩啪啦地解釋色情產業之邪惡，還詳細說明A片裡的性愛場面有多麼誇大不實。待她一說完教，我便快步走進客廳，猶如一名復仇者即便跋山涉水也要報此血海深仇。

我對著老爸大吼一聲：「喂！」他那時正吃著他的每日早餐聖品喜瑞兒。

他抬頭看了我一眼，表情好像在說：「你說話最好小心點。」

「你竟然告訴媽我……」我瞬間改用嘴形表示「看A片」，然後又立即轉到最高分貝：「你明明答應我的！」

他放下報紙，看著我，用拿捏精準的語氣回答：「沒錯，我確實想過要幫你保密，但如果不跟你媽說，我要承擔的風險太大了。你本來就不該把A片留在錄放影機裡，誰叫你精蟲衝腦，只用下半身思考。如果沒記取教訓，這種事以後絕對還會發生。」

★ 論「某位年長家族朋友的勃起功能障礙」

「真搞不懂，為什麼一堆陽痿的人都要來問我怎麼辦。我要是真知道怎麼治陽痿，早就開著法拉利，用時速三百公里飆離這裡了。」

☆ **On an Elderly Family Friend's Erectile Dysfunction**

"I don't know why people keep coming to me when they can't get hard-ons. If I knew how to fix that I'd be driving a Ferrari two hundred miles an hour in the opposite direction of this house."

★ 論「我經常缺席高中舞會」

「你在那邊機歪自己沒參加，那幹嘛不快去？……快去找個舞伴啊……去多認識一些女生啊……媽的，兒子，我不想問下去了，不然連我都要覺得悶了。隨便你吧。」

☆ **On My Frequent Absences at High School Dances**

"You bitch about not going, so why don't you just go? . . . So then find a date. . . . So then meet more women. . . . Jesus Christ, son, I'm not continuing on with this line of questioning, it's depressing the shit out of me. Do what you want."

★ 論「練習」

「沒有人喜歡練習，但練習和放著爛，哪個比較可怕？……噢，去你的大頭蛋！練習絕對沒有比放著爛可怕！」

☆ **On Practicing**

"Nobody likes practice, but what's worse: practicing, or sucking at something? . . . Oh, give me a fucking break, practicing is not worse than sucking."

★ 論「在海灘被救生員救起」

「你跑到那麼遠的地方幹嘛？你根本不會游泳……兒子，我知道你是個優秀的運動員，但我看過你『游泳』，那就像智障小孩用膝蓋在打螞蟻。」

☆ **On Getting Rescued by a Lifeguard at the Beach**

"What were you doing that far out? You can't swim. . . . Son, you're a good athlete, but I've seen what you call swimming. It looks like a slow kid on his knees trying to smash ants."

★ 論「棒球校隊年終募款活動」

「直接跟我說你要多少錢，我懶得參加。」

☆ **On the Varsity Baseball End-of-the-Year Fund-raiser**

"Just tell me how much money I have to give you to never leave this couch."

★ 論「電視遊樂器」

「你不准買……可以啊，你去朋友家玩，最好順便吃完飯拉完屎再回來。」

☆ On Video Game Systems

"You can't have one. . . . Fine, then go play it at your friend's house. While you're there, see if you can eat their food and use their shitter, too."

★ 論「收看晚間新聞的重要性」

「我們等一下再繼續說，新聞開始了……唉唷，就算你得了肺結核，等個三十分鐘也死不了的啦。」

☆ On the Importance of Watching the Evening News

"Let's finish talking in a bit, the news is on. . . . Well, if you have tuberculosis, it's not going to get any worse in the next thirty minutes."

★ 論「適當的送禮時機」

「沒錯，我有送他禮物，因為他的腎結石拿出來了。如果連屌都能射出石頭來了，當然要給點實質的鼓勵啊！」

☆ On Appropriate Times to Give Gifts

"Yeah I got him a gift. He got his kidney stone taken out. If you shoot a rock through your pecker, you deserve more than just a pat on the fucking back."

★ 論「我第一堂駕駛課」

「首先，一般汽車通常有五個檔位。什麼味道啊？靠！......好，首先的首先，在車子靜止狀態下放屁，會讓別人覺得很靠夭。」

☆ **On My First Driving Lesson**

"First things first: A car has five gears. What is that smell? . . . Okay, first thing before that first thing: Farting in a car that's not moving makes you an asshole."

★ 論「一年內第三次打破鄰居家窗戶」

「你到底在搞什麼鬼啊？第三次了耶！發生了這麼多次，我還真懷疑是不是鄰居的錯……才不是，他媽的當然是你的錯！我現在只是不想承認你身上有我的基因，讓我跟這種蠢事扯上關係！」

☆ **On Breaking the Neighbor's Window for the Third Time in a Year**

"What in the hell is the matter with you? This is the third time! You know, at this point I think it's the neighbor's fault. . . . No not really, it's your fucking fault, I'm just in denial right now that my DNA was somehow involved in something this stupid."

No.9

自信才能得到女人的心……不然至少可以得到身體

Confidence Is the Way to a Woman's Heart, or at Least into Her Pants

" No one wants to lay the guy who wouldn't lay himself."

高一升高二的時候，我長高了二十多公分，突然間成了一百八十公分的長人。老爸在我十六歲生日當天這麼跟我說：「你看起來稍微有點像男人囉。」那時我們在茹絲葵牛排餐廳，我正吃著他幫我點的菲力牛排。

發育突然加快的缺點就是我的身體協調感變差，動作不太自然，看起來有點像患了腦性麻痺。雖然我常走不了幾步路就會絆到東西，好在我投球力道強勁，還獲選進入棒球校隊擔任投手，三振掉不少打擊手，幫球隊贏得多場比賽。

那一年，我們學校的啦啦隊教練爲了凸顯學校重視團隊精神，強制所有啦啦隊員出席每場球賽。觀看高中棒球比賽跟參加學生電影節差不多，之所以會出席，多半是因爲人情壓力，觀看兩小時一再重複的「動作場面」，感官早已疲乏，讓人只想跟朋友祝賀一下就快速閃人。不用說，這些啦啦隊員爲了打發時間，有的把功課帶來寫，有的則在場邊望著草皮發呆。但我老爸的想法跟一般人不同，他幾乎出席了所有比賽。

某場球賽後，老爸在回家的路上說：「我有注意到那些女生看你的眼神。」

我只好不斷跟他解釋，她們根本沒在認真看球賽，就算有，也一定是看手錶，希望比賽快點結束。

他說：「鬼才相信。」

幸好他沒再繼續這個話題。但事情還沒完。

每逢週日，老爸通常會早起到附近的溫歐爾甜甜圈連鎖店，買一打甜甜圈回家給家人當早餐，其中有六個是特地買給我吃的巧克力卷。但一九九七年春天的某個星期日，我一覺醒來，卻發現廚房旁的餐桌上空空如也。

當時我昏沉沉地踏進飯廳，老爸說：「快穿好衣服，我們去買甜甜圈。」

我隨便穿了件籃球短褲及T恤，然後坐進那台銀色的奧斯摩比汽車。我一打開車上收音機，他就立刻把它關掉，看樣子有事要跟我說。

車子開著開著，咻地就經過了溫歐爾甜甜圈。

我說：「我們不是要買甜甜圈嗎？」

「不，今天我們要去吃一頓眞正的早餐。」他一面回答，一面把車子開進鎭上的丹尼連鎖餐廳[1]附設的停車場。

我說：「這家是丹尼耶。」

「唷，不屑吃嗎？你他媽的自以爲是英國女王啊。」

我們走進餐廳，老爸跟老闆娘招手示意要兩人桌。一位女服務生帶我們到餐廳另一頭的角落小方桌，旁邊是一張較大的長方形桌子，坐著六名貌似宿醉的大學生，其中兩個男的穿著紀念T恤，上面有聖地牙哥兄弟會的字樣。兩張桌子基本上靠在一起，只有一小面活動式桌板向下翻摺，之間毫無隱私可言。老爸跟服務生點了兩杯柳橙汁之後，便認眞看著我。

他說：「身爲男人，我覺得做愛很爽。」

隔壁桌那群大學生先是一愣，隨即開始竊笑。我越來越慌張，知道他準備要在這家餐廳，用他的方式跟我談性愛。

「什麼鬼，我不想聽，你在說什麼啊？我們好像不該在這吃東西，去別家吧。走啦走啦！」

「你在說什麼鬼話？我們才剛坐下耶。丹尼的東西確實算不上好吃，但你還不是常吃這種垃圾食物。」他說這話的同時，服務生正好送上兩杯柳橙汁。

我用眼角餘光瞄到那群大學生正注意我跟我爸的對話，一副付錢來看戲的樣子，我心想搞不好他們還會拿出大桶爆米花邊看邊吃。老爸完全沒察覺我如坐針氈，還繼續說他年輕的時候「玩得很瘋」，而且還跟不少女人上過床。

「我的樣子是沒多好看，從來就不是帥哥，但我一點也不在意。你這張臉長得不錯，比我帥很多，但我們兩個再怎麼帥都帥不過男模，對吧？」

我點頭表示同意，同時聽到旁邊一名大學生發出大大的一聲「噢～」，那群人再度笑成一團。

老爸接著說，想多認識女生的唯一方法，就是要「裝作自己很有經驗，就算她們說不喜歡你也沒關係，此事難免，你別鳥她們。否則像我們這類男人，是絕對沒機會跟女人上床的。」

那名女服務生只離我們三公尺左右，正朝我們這桌走來，準備幫我們點餐。我嚇出一身冷汗，霎時覺得這家餐廳裡的所有人，就連整個聖地牙哥市，都在偷聽我們對話、看我們笑話，我只希望惡夢快點結束。所以我大膽做出一件事：插嘴。

「爸，可不可以請你直接說重點？我不想吃早餐時一直講這件事，店裡很多人都在看。」我同時把眼神往左右瞄了一下，表示隔桌有耳，以及我們的談話內容實在太丟臉。

他頓了一下並環顧四周，然後目光剛好落在那群大學生身上，他們立刻把臉撇開。

「你在意這些人的想法嗎？在意個屁！這些人沒半個是你認識的。」

然後他不置可否地搖了搖頭，抓了一旁的報紙來讀。這下子情況更加尷尬，因爲我無事可做，只能傻傻望著報紙的另一面，獨自承受這份恥辱。我們點完餐就安靜地坐著，直到服務生送來老爸要的炒蛋和我點的鬆餅。

我終於忍不住發問：「爸，你剛才到底想跟我說什麼？」還刻意壓低音量。

「兒子呀，你老是問說爲什麼沒有女生喜歡你，這是因爲沒有人會想跟孬種上床的啦。」

「就只有這樣？」

「不是，但如果你連餐廳其他人的想法都那麼在意，我不管再說什麼都只是個屁。」

我跟他說不要一直看報紙，於是他把報紙放在油膩膩的桌上，直視我的眼睛。

「所以這就是爲什麼你帶我來這裡嗎？測試看看我會不會覺得丟臉？」

「兒子，你爸是心機那麼重的人嗎？我只是想跟你聊聊天，順便吃點炒蛋而已。拜託至少讓我完成其中一件吧。」

1 Denny's：美國著名的連鎖餐廳 二十四小時營業，不限時段供應早、午、晚餐。

★ 論「打掃院子」

「你拿著耙子在幹嘛？……你屁，那叫耙落葉才怪……什麼？另一種用耙子的方式？少來，用耙子的方式只有正確和不正確兩種。你覺得自己是哪一種？」

☆ On Yard Work

"What are you doing with that rake? . . . No, that is not raking. . . . What? Different styles of raking? No, there's one style, and then there's bullshit. Guess which one you're doing."

★ 論「回歸大自然」

「我實在不太覺得你這叫克難耶，兒子……首先，你的睡袋離休旅車不過短短十來公尺而已。」

☆ On Being One with the Wilderness

"I'm not sure you can call that roughing it, son. . . . Well, for one, there was a fucking minivan parked forty feet from your sleeping bags."

★ 論「我第一次邀女生參加舞會就被拒絕」

「太可惜了。對了，你有沒有看到我的霹靂腰包？……別誤會，我當然有在聽你說啊，不是說了很可惜嗎？媽的，我就不能一邊覺得可惜一邊找腰包嗎？」

☆ **On Getting Rejected by the First Girl I Asked to Prom**

"Sorry to hear that. Hey, have you seen my fanny pack? . . . No, I care about what you said, I told you I was sorry to hear it. Jesus, I can't be sorry and wonder where my fanny pack is at the same fucking time?"

★ 論「我嘗試融入都會文化」

「你在地板上扭個什麼勁啊？……我不懂霹靂舞是什麼，但我誠摯希望不是你跳的這個。」

☆ **On My Attempts to Participate in Urban Culture**

"What the fuck are you doing on the floor writhing around? . . . I'm not sure what break dancing is, but I sincerely hope it's not what you're doing."

★ 論「賣掉他心愛的一九六七年款水星美洲獅雙門轎車」

「有了家庭後就是這樣，必須懂得犧牲……（停頓一下）……要犧牲非常多……（停頓許久）……接下來幾天你最好離我遠一點。」

☆ On Selling His Beloved Two-Door 1967 Mercury Cougar

"This is what happens when you have a family. You sacrifice. [Pause] You sacrifice a lot. [Long pause] It's gonna be in your best interest to stay away from me for the next couple days."

★ 論「學力測驗（SATs）」

「記住，這只是個考試，如果搞砸了，不代表你人生就玩完了。但話說回來，請盡量不要搞砸，這考試還滿重要的。」

☆ On the SATs

"Remember; it's just a test. If you fuck up, it doesn't mean you're a fuckup. That said, try not to fuck this up. It's pretty important."

★ 論「選擇理想的大學」

「不要因為上床的機會比較多就去念……不、不，這當然是個很好的理由，很多事情都是用這樣來決定，只有大學不是。」

☆ On Picking the Right College

"Don't pick some place just because you think it'll be easy to get laid there. . . . No, no, that's a very good reason to pick a lot of things, just not this."

★ 論「借車禮節」

「車是你借的，現在臭得要死。你臭是你家的事，但你弄臭我的車就是我的事了。不管你用什麼方法，反正把臭味給我除掉就對了。」

☆ **On Proper Etiquette for Borrowing His Car**

"You borrowed the car, and now it smells like shit. I don't care if you smell like shit, that's your business. But when you shit up my car, then that's my business. Take it somewhere and un-shit that smell."

★ 論「宵禁」

「你幾點回家我不管，反正不要吵醒我就好。你的宵禁就是不准吵醒我。」

☆ **On Curfew**

"I don't give a shit what time you get home, just don't wake me up. That's your curfew: not waking me up."

★ 論「第一次用髮膠」

「看起來還不賴，只不過味道怪怪的。我也說不上來，有點像酒精混合了……不知道……混合了屎的味道吧。」

☆ **On Using Hair Gel for the First Time**

"It looks fine, you just smell weird. I can't put my finger on it. It's like rubbing alcohol and . . . I don't know—shit, I guess."

No.10

行為舉止務必得體

Always Put Your Best Foot Forward

就算是三歲也沒資格在那邊胡鬧。
Kentucky

" A three-year-old doesn't have a license to act like an asshole*. "

小時候，我們全家每年都會前往伊利諾州香檳市拜訪爸爸的親戚，整個哈本家族會在娜歐蜜阿姨家團聚。這些親戚待人溫和、熱忱又會照顧人，跟老爸一點也不像。每次拜訪，我都覺得自己好像在拍耶誕特別節目：大家都穿著五彩繽紛的毛衣，我只要遇到一年沒見的大人，他們就會驚呼：「哇～你都長這麼高啦！越來越帥囉！」然後笑著跟我爸媽說：「兒子很帥唷！」老爸的回答一律是：「對呀，等他當上模特兒賺大錢，我就可以退休享福啦！」接著就是大笑個不停，時間久到讓場面十分尷尬，有時候還笑到呼吸不過來而出現哮喘的聲音，穿著鮮豔毛衣的我們只好站在原地，默默等他笑完。

一九九七年十一月那次的聚會，來了不少我的堂弟堂妹，他們在屋裡跑來跑去，活力十足。這些小鬼頭每個都很可愛，其中一個堂弟特別好玩，他叫喬伊，當時才三歲。我在那次聚會的前幾個月才見過他，那時我們去西雅圖幫他慶生；他因爲生日所以興奮得不得了，足足有大半個鐘頭在屋內奔跑，大約每隔一分鐘就會突然在某個親戚面前煞車大喊：「**今天是我生日快樂，喔耶！**」有點像小孩版的范海倫樂團前主唱大衛・李羅斯，在演唱會上高歌他的名曲〈跳〉之前，大肆鼓動歌迷情緒。每次只要喬伊在我面前煞車，我都會在他開口之前，故意搶先說「喬伊生日呀？」把他逗得更樂，然後只見他雙眼睜大，好像看到我飛起來似的，隨即興奮尖叫：「**喬伊生日快樂，喔耶！**」這樣的對話前後大概重覆了二三十次，直到我哥丹尼爾走過來說：「你夠了沒，給我停止哦。」

現在幾個月過去了，我在家族聚會再度見到喬伊，他一瞥見我，立刻露出大大的笑容，跑到我身邊大喊：「**喬伊生日快樂，喔耶！**」我笑了笑，跟他打了聲招呼，但他完全沒理會我，一直自顧自地重覆那句話。開始的十多分鐘，大家還覺得他很可愛，有的人微笑以對，有的揉揉他的頭髮。這段期間我爸正好在上廁所，不知道喬伊像吃了興奮劑的鸚鵡一樣，不斷重覆同一句話，所以他一出廁所看到喬伊，只說了聲：

「哈囉，喬伊。」

「**喬伊生日快樂，喔耶！**」喬伊喊完就跑走了，老爸疑惑地問我：「今天是喬伊生日嗎？」

我把情況解釋給他聽，講到一半又被喬伊打斷：「**喬伊生日快樂，喔耶！**」

老爸看著喬伊衝進別的房間，理所當然地說：「我得跟他談一談。」

老爸找人談話不看對象、不分年齡，好像把對方都當成四十多歲的物理學家，所以我已經可以預見事情接下來的發展。

「反正他玩累了就會停下來啦。」

老爸答道：「他應該不希望別人把他當白痴吧？」

「但他根本就不知道什麼叫做別人的看法吧？他才三歲耶。」

「就算是三歲也沒資格在那邊胡鬧。」

才剛說完，喬伊又高速衝入客廳大叫：「**喬伊生日**

快……」

老爸沒等他說完就打斷他：「不對。」

喬伊頓了一下又說：「喬伊生日快樂？」語帶怯懦。

「不對，喬伊，今天不是你的生日快樂，不准再跟別人說是你的生日。」

喬伊一臉不解，顯然受到驚嚇，彷若一名脫衣舞孃突然從蛋糕中蹦出來，卻發現自己誤闖歡迎寶寶出生的派對。

我爸蹲下來盯著喬伊，無情地補上一句：「今天，不是，你的，生日。」

接下來我聽到喬伊發出一聲長長的尖叫，豆大的眼淚滑落下來，憤而跑開，兩隻小手臂晃呀晃，像兩條軟趴趴的義大利麵。

老爸完全不理會一旁親戚不以爲然的眼神，站起身，滿意地跟我說：「哎，發現不是自己生日本來就會受到打擊，不過他等一下就會沒事了。」

＊Ass-hole＊

Ass，名詞，意思是「屁股」或「驢子」，用來指稱人時，視情況意思爲「笨蛋」或「討厭鬼」，例如“you ass” 語氣平舖直敘時，意思爲「你這蠢蛋」，語氣嬌嗔時，意思爲「你討厭～」

當ass上開一個hole，氣就有了出口，因此使用時氣勢可更爲磅礡。此出口的學名爲「肛門」，俗名「屁眼」，常用來指稱不令人愉悅的對象，例如：“You asshole” 即「你這混帳」。若有人在一旁胡鬧，就是“act like an asshole”（行爲舉止像個混帳）

★ 論「發現我偷吸大麻」

「感覺不賴對吧？……真的嗎？哦，我們看法不同囉。我剛才說的話不准跟你媽說，跟她說我對你大吼大叫還罵你白痴。嗯……乾脆什麼都不要說好了。你看我在緊張個什麼勁，我明明就沒抽過大麻。」

☆ **On Finding Out I Tried Marijuana**

"Pretty great, right? . . . Really? Well, we differ in opinion then. Don't tell your mom I said that, though. Tell her I yelled at you and called you a moron. Actually, don't tell her anything. See, now I'm paranoid, and I didn't even smoke any."

★ 論「我流鼻血」

「怎麼了？有人揍你臉嗎？……什麼？空氣太乾燥？拜託你，千萬要跟別人說你是被捧的。」

☆ **On My Bloody Nose**

"What happened? Did somebody punch you in the face?! . . . The what? The air is dry? Do me a favor and tell people you got punched in the face."

★ 論「民主制度」

「今天晚餐吃魚排……好啊，那來表決。晚餐想吃魚排的舉手？……看吧，這下子民主讓你吃鱉了吧？」

☆ On the Democratic System

"We're having fish for dinner. . . . Fine, let's take a vote. Who wants fish for dinner? . . .Yeah, democracy ain't so fun when it fucks you, huh?"

★ 論「隨時保持紳士風度」

「我個人是絕不會去嫖妓的；而且就算你真的花錢去嫖妓，也不代表你有權利當個機車的嫖客。」

☆ On Remaining a Gentleman No Matter the Situation

"I personally would never go to a prostitute, but if you've paid some money for some strange, that doesn't mean you can act like an idiot once you get it."

★ 論「分擔家事」

「你是大學生了，但搞清楚，你還住在家裡哦，說到這點你想必覺得很幹吧。」

☆ On My Responsibility to Do Chores

"You're a grown man in college, but you still live in my goddamned house. Huh. That sounds way shittier for you when I say it out loud."

★ 論「我想在外面租公寓，但大學離家僅距二十分鐘路程」

「你想獨立是吧？……每次你說想要獨立，聽在我耳裡都是你想要多花錢。放心，我絕對不會答應的。」

☆ **On Getting My Own Apartment Even Though I Go to College 20 Minutes from Home**

"You want your independence, huh? . . . Every time you tell me about your independence, I just replace that word with the word money. Then it's easy to say no."

★ 論「我在大學首場棒球賽被敲出近一百四十公尺遠的全壘打」

「靠，那根本不叫全壘打，我看是什麼鬼太空實驗，應該寫進科學期刊之類的。」

☆ **On Giving Up a 450-Foot Home Run in My First College Baseball Game**

"Jesus. That wasn't even a home run, that was a fucking space experiment that should be written about in science journals or something."

★ 論「參加學生影展，觀賞我生平拍攝的第一部短片」

「我覺得非常好看……媽的咧，我當然知道你的作品是哪個，就是有車子的那部吧……啊幹，我還以為那是你拍的，所以看完就走了。少囉嗦，參加那個影展難熬死了，跟接受三個小時的攝護腺檢查沒什麼兩樣。」

☆ **On Attending the Student Film Festival Where My First Short Film Played**

"I enjoyed it thoroughly. . . . I know which one was yours goddamn it, it was the one with the car. . . . Well shit, I thought that one was yours, so I left after. Don't bust my balls, that festival was like sitting through a three-hour prostate exam."

★ **論「應徵上呼特斯餐廳[1]的廚師」**

「不錯不錯，你沒有我想得那麼笨嘛！」

☆ **On Getting a Job As a Cook at Hooters**

"You, my good man, are not as dumb as I first fucking suspected."

★ **論「我的第一任女友（呼特斯餐廳的服務生）」**

「她的胸部比我想像中的小。我只是實話實說，沒什麼好或不好，就只是我的感覺而已。」

☆ **On Meeting My First Girlfriend, Who Worked at Hooters**

"I thought she'd have bigger breasts. I'm just being honest. That's not a bad thing or a good thing, that's just a thing I thought."

1 Hooters，創始於1983年的美式連鎖餐廳，如今遍布全球近20國，400多家分店，每家分店都有穿著清涼的大胸脯Hooters女郎負責點餐，還會不定時表演搖呼拉圈等餘興節目。

No.11

務必肯定自我的價值

You Have to Believe You're Worth a Damn

" You are a man, she is a fucking woman! That is all that matters, goddamn it! "

哈本家中，我不是第一個年近三十還住家裡的兒子，我的兩位哥哥也都曾經「家裡蹲」。艾文大我九歲，他和丹尼爾都是老爸和前妻所生。我覺得世界上大概找不到第二個像艾文這樣善良又體貼的人了，他是家中唯一的北卡羅萊納洪堡州立大學畢業生，而且從來沒吸過大麻。艾文大學畢業後，對未來仍有一些迷惘，因此有好幾年的時間，他的工作一個接著一個換，從一個城市跑到另一個城市。二十八歲那年，他回到家中跟我和爸媽一起住（老媽在艾文七歲時就開始帶他，視他如己出，艾文也把她當成自己的親生母親）。那時可說是艾文人生的低潮期。

那時我在聖地牙哥念大學，同時在太平洋灘這個濱海小鎮的呼特斯餐廳打工。在這之前一年，我跟死黨阿丹本來只是抱著好玩的心態應徵，壓根沒想到呼特斯正好缺廚師，就決定僱用我們了。但是這份兼差和一般青少年所想像的大相逕庭，沒多久就成爲我生平最糟的一份工作。一旦你對餐廳內隨處可見的大咪咪麻木之後，就會突然發現，這份工作的要求，是些許的烹飪技巧、一大堆清潔工作，以及忍受一群沒安全感的女人對你大吼大叫，催促你薯條炸快一點。我動不動就會大肆跟親朋好友表達自己有多討厭這份工作，但也總會安慰自己：「再怎麼慘，也沒有餐廳的洗碗工來得慘。」

所以當艾文一問我：「你可以幫我要到呼特斯洗碗的工作嗎？」我就知道他真的過得不太好，雖然聽過我訴苦過無數次，卻還是想要那份工作。於是我也就順他的意，幫他要到工作。

他一週工作五天，白天在睡眠療法實驗室擔任志願實習生，到了晚上，就穿著襯衫和休閒褲直接到呼特斯洗碗，然後回家睡覺。隔天起床再重覆一樣的行程。

艾文成天鬱鬱寡歡的樣子，老爸看了十分擔心，但更擔心他是不是異性緣不好。

某天晚餐後，老爸這麼跟老媽說：「他長得又不差，而且二十多歲本來就是亂搞的年紀，應該要多認識一些女人。」艾文那時應該正在呼特斯刮掉餐盤殘留的醬料。

老爸為了拯救艾文的感情生活，決定幫他製造機會。

某天，老爸下班回家跟老哥說：「大個子，我要介紹一個女的給你。」（老爸之所以叫艾文「大個子」，是因為全家人就屬他長得最高。）

老哥答道：「爸，我很忙耶。」

但老爸早已替他安排好一場約會，而且我哥個性跟我截然不同，他很少反抗。

老爸說：「包準是你喜歡的那型啦。」艾文只有半信半疑地點了點頭。

出乎我意料之外的是，艾文竟然沒跟老爸多問什麼；不過話說回來，追問下去也不像他的風格。後來我問他為什麼默默接受安排，他說：「基本上爸說什麼我都會照做。你就是因為愛跟他頂嘴，他才會吼你。我想如果你可以一直這麼幼稚，惹他不爽，這樣我就不會遭殃了。」

隔週六晚上，艾文提早從呼特斯下班。當時我正在廚房前方工作，剛好遇到他往大門走去；他身上沾滿洗過碗盤的髒水，猶如剛踩到混合了辣椒醬和乳酪醬的地雷。

「老哥，你要穿這樣去赴約嗎？」

他精神看起來不太好，答道：「對啊……但身上聞起來還真噁，我該先沖個澡。」然後就離開了。

幾小時後，我也下班了，脫下那身噁爛的呼特斯制服，打赤膊開車回家，以免車子充滿各種食物和醬料的臭味。我一到家立刻衝進淋浴間沖澡，洗完澡出來，看到老爸坐在客廳躺椅上睡著了。然後我聽到大門打開的聲音，瞥見艾文走進門廊，躡手躡腳地往自己的房間移動，猶如卡通裡的貓想從睡著的惡狗旁溜過。我一時白目不曉得他只想默默進房睡覺，馬上就把他叫住。

我興奮大喊：「約會進行得如何？是正妹嗎？」

才說完，老爸就被自己鼾聲吵醒了，艾文的神情頓時露出一絲畏懼。

老爸問：「大個兒，約會還好嗎？」同時把睡袍穿好。

老哥答：「還好，但我累了。」邊說邊想溜回房間。

「累個鬼。過來這裡坐坐，跟我說情況如何。」

艾文平常是既文靜又內斂，但偶爾也有情緒失控的時候，像這次他就發飆了。

艾文大吼：「人家可是神經外科住院醫師，以前還當過什麼奧克拉荷馬州小姐！」雙眼迸出怒火。

老爸回答：「對呀！這貨色還不錯唄？」似乎不懂他在不爽什麼。

「**不錯個屁**！我都二十八歲了還住在家裡！幹！還在呼特斯幫別人洗碗！」

艾文很少罵髒話，更不曾在老爸面前爆粗口。我無法判斷爸爸當時的心情是憤怒還是震驚，但他的臉色迅速變得鐵青。

老爸說：「你他媽的想說什麼？」

「我要說的是，今天晚上我難堪得要死，那女的以前八成都跟醫生或男模之類的人交往！媽的！」

然後艾文說了一句話，直接踩到老爸的地雷。

「我這種人才配不上她！根本是丟臉丟到家！」

老爸低下頭看著地板，喃喃自語「配不上？」好幾遍，很像印第安那瓊斯努力想解讀某個古怪部落長老的死前遺言。然後他就暴走了。

他嘶吼道：「你他媽的說什麼屁話！」

我當下悄悄離開客廳這個戰場，躲在門廊旁邊偷聽。

「配不上她？！你他媽的胡說八道什麼啊？你是男的，她是女的，其他的一點都不重要！幹！」

之後我就聽不懂他在吼什麼了，但幾分鐘後，艾文氣沖沖地從我身邊走過。我偷偷往客廳瞧了一眼，看到老爸似乎對剛才發生的事感到後悔。他通常在吵架後，都是滿臉漲紅、眼神堅決，猶如一些強權領袖在聯合國大會致詞時，儘管不受認同依舊毫不讓步的神情。但這一回，他的神情似乎有點難過。於是我決定回房睡覺，不想再去激怒他。

接下來幾天，都沒有人提起那晚的事，我以為事情就這樣過去了。大約一星期後，老爸某日剛下班回家，就要我跟艾文上車，說要帶我們去黑安格斯牛排館[1]吃晚餐。這家牛排館的等級就有如職棒大聯盟中的堪薩斯城皇家隊——嚴格來說有一定水準，卻不會有讓人驚喜之處。

我語帶失望：「黑安格斯哦？」

老爸只落下這句：「少廢話。」

我們到了黑安格斯，坐進一個昏暗的包廂，裡面的皮椅已有多處裂開。老爸點了三客紅屋牛排[2]，這是他最喜歡的部位。我不知道艾文作何感想，我自己是十分納悶我們幹嘛沒事來黑安格斯，畢竟那天不是假日，也沒有特別的事要慶祝；通常我們家只有特殊場合才會吃牛排。

老爸先是客套個幾句，問我們最近一個星期好不好之類的，等到女服務生把牛排端上桌後，他說：「跟你們說件往事，我以前跟空姐有過一腿，還被她傳染皰疹咧。」

於是他鉅細靡遺地交代了整件事的來龍去脈，包括怎麼跟那位空姐認識、兩人「相處」的細節，以及後來發生的事，十分曲折冗長。

「當時我逢人就說那個空姐傳染皰疹給我。爲什麼呢？因爲我不敢相信那麼漂亮的女人會和我這種醜男在一起，他媽的當然要好好炫耀一下。直到後來惡化成急性神經根炎[3]，我才去看醫生，說多慘有多慘，差點連命都沒了。反正我要講的是，過了好長的一段時間，我才明白自己在女人面前用不著自卑，但也不必因爲得了皰疹就到處張揚。」

我們父子三人坐著不發一語。過了一會，老爸叫了服務生過來：「給我們一份甜點的菜單吧，我嘴饞了。」

我跟艾文對看一眼，不知道是否該對老爸這段情史做任何回應。

「哇咧，爸，你也太勁爆了吧！」我邊憋住笑邊故意挖苦他。

此時艾文開始咯咯地笑，我一看到他笑，也就忍不住大笑起來。

老爸搖搖頭說：「媽的咧，你們兩個去死啦。我可是以過來人的經驗，教你們一些看待女人的學問。」

此話一出，我們兄弟倆反而笑得更大聲，艾文甚至笑到差點岔氣，周圍用餐的客人莫不對我爸投以同情的眼神，可憐他必須忍受兩個毫不體貼的兒子。結果後來老爸自己也忍不住笑了出來。

「好啦，你們兩個小鬼覺得開心就好，其他的一點都不重要。」他一邊說，一邊接過服務生送來的甜點菜單。

1 Black Angus：美國中西部大型牛排連鎖餐廳，選用美國黑安格斯牛肉，分店大多位於加州。
2 Porterhouse：指牛的腰脊肉，一般泛稱紅屋牛排。
3 又稱格巴二氏症候群（Guillain–Barré syndrome），可以讓人在數天甚至數小時內四肢癱瘓而無法行動。

老爸珠璣集

★ 論「帶我第一任女友去拉斯維加斯」

「拉斯維加斯？這我就不懂了，以你們兩個的年齡，既不能賭博又不能喝酒，唯一可以做的事就是找一家旅館然後……啊哈！難怪。算你聰明。」

☆ **On Taking My First Girlfriend to Las Vegas**

"Vegas? I don't get it, neither of you are old enough to gamble. You're not old enough to drink. The only thing you're old enough to do is rent a hotel and—ah, I gotcha. That's smart."

★ 論「發覺自己年紀大了所以身高開始縮水」

「我明明就有一百八！以前還超過一百八咧，幹！唉，頭都已經要禿了，拉屎也變得不規律，老天還覺得不夠是吧？非得要再給我個打擊才甘心。」

☆ **On Realizing He Was Starting to Shrink Due to Old Age**

"I'm five foot eleven! I used to be six feet, goddamn it. Boy, going bald and shitting infrequently ain't enough for God, huh? Gotta rub it in, I guess."

★ 論「家中第一隻寵物狗的死亡」

「牠真是隻好狗。你哥難過得要死，所以最近少去煩他。人家可是陪布朗尼走完最後一程，才肯讓獸醫把牠丟到垃圾堆裡咧。」

☆ **On the Death of Our First Dog**

"He was a good dog. Your brother is pretty broken up about it, so go easy on him. He had a nice last moment with Brownie before the vet tossed him in the garbage."

★ 論「我被第一任女友甩了」

「聽著，我知道你很難過，但你們兩個也才十九歲，你難不成以為一輩子都會跟她搞在一塊嗎？別傻了。」

☆ **On Getting Dumped by My First Girlfriend**

"Listen, I understand you're upset. But you were both nineteen, you can't think you were only gonna screw each other forever. That's just silly talk."

★ 論「我努力想掩飾宿醉的模樣」

「酒還沒醒嗎？拜託，我怎麼可能沒聞到你渾身酒臭？任何有關喝酒跟賽馬的事，是絕對瞞不過肯德基州的人啦。」

☆ **On My Attempt to Hide a Hangover**

"Coming down with something? Please. You reek of booze and bullshit. Don't lie to a Kentuckian about drinking or horses, son."

★ 論「挑選他的生日禮物」

「我只要波本威士忌或運動褲，其他東西一概進垃圾桶……不用，千萬不要發揮創意。這不是你發揮創意的時候，這是威士忌和運動褲的時候。」

☆ **On Shopping for Presents for His Birthday**

"If it's not bourbon or sweatpants, it's going in the garbage. . . . No, don't get creative. Now is not a creative time. Now is a bourbon and sweatpants time."

No.12

務必活得認真

Focus On Living. Dying Is the Easy Part

「我死了就死了，沒什麼大不了的，那又不是我的問題。我只要死前沒有一屁股爛攤子就心滿意足了

" When I die, I die. I could give a shit, 'cause it ain't my problem. I'd just rather not shit my pants on the way there. "

老媽來自天主教家庭，老爸則不信教，但對猶太教及其習俗十分了解。儘管如此，他們在養育孩子這方面，絕不帶半點宗教色彩。老爸對於教會組織沒什麼興趣，他是個科學家，信奉科學，就這麼簡單。我十一歲那年某天吃早餐的時候，第一次問他關於上帝的問題，他答道：「想信什麼鬼都可以，把烏龜當作神也沒差，隨你便，不干我的事。我有自己的信仰。」

事實上，我生平只體驗過一次宗教教育，那回是我媽堅持要我多了解自己的「猶太血統」，因而把我送到北邊的聖地牙哥郡參加一個營隊。學員都跟我一樣，雙親分別來自猶太和天主教家庭，而參加這個營隊是爲了進一步認識猶太教。我大概上了三堂課，授課的拉比[1]就跟我爸媽告狀，說我一直要他證明上帝眞的存在。

老爸問拉比：「喔，那你怎麼跟他說的？」

「我向他解釋何謂信仰，還有上帝如何……」

老爸立刻打斷拉比的話：「聽著，我覺得他只是不想犧牲週末來學這些東西。抱歉，我沒別的意思。」

就這樣，我再也沒回去上課。

儘管和宗教有了短暫的接觸，我對於死亡這件事仍心懷恐懼。我跟多數人一樣，向來都很害怕死亡，也深受「生命的意義何在？」這個問題所困擾，而我的成長過程又缺乏宗教心靈方面的洗滌，因此一直未能獲得解答，爲此焦慮不安之時也無法尋求慰藉。只要聽到名人或親朋好友過世的消息，我就會開始思考死亡這件事，煩惱自己死後會發生什麼事、往何處去、是否還有意識等等。腦海浮現千頭萬緒，心跳速度倍增，臉上失去血色，不得不躺下來休息。

記得大學時，某次棒球練到一半，我聽說某位高中同學出車禍死了。想當然爾，我當下立即感到一陣暈眩，非躺下來不可。隊友和教練跑來問我為何躺在球場上，我就找了一個絕不會有人懷疑的藉口：「我想拉肚子。」

那時我深刻了解到，雖然死亡帶來的極度惶恐不會要了我的命，但我應該要盡快學會如何成熟面對這件事。我遂決定跟老爸聊聊，因爲他大概是我身邊最能泰然自若地談論死亡的人。

「我死了就死了，沒什麼大不了的，那又不是我的問題。我只要死前沒有一屁股爛攤子就心滿意足了。」

他這句話我已經聽過好幾次，我也想要有這麼豁達的態度，不然至少也要知道他爲何能如此毫不在乎。

於是某個早上，他坐在廚房餐桌前邊吃喜瑞兒邊看報紙之際，我坐到他旁邊，也倒了碗喜瑞兒來吃。我們就這樣咔嚓咔嚓吃著各自的天然全麥穀物（符合每日營養素建議攝取量），過了幾分鐘，我終於開口說：「對了，爸，我想問你一下。」

他的視線從報紙移開，看著我說：「什麼事？」

我開始拐彎抹角起來，先是避重就輕，分享我對宗教的看法，以及天堂與地獄是否存在等，他後來乾脆打斷我說話：「你鬼扯了一堆，啊問題咧？」

「你覺得人死後會怎樣？」

他放下報紙，舀一大匙喜瑞兒到嘴中，隨口說：「喔，一切就回歸虛無啦。」語畢又拿起報紙繼續看。

我問：「那『虛無』是什麼意思？」同時感覺心跳開始加速。

他再度放下報紙。

「虛無就是沒有東西，什麼都沒有，你是要我怎麼解釋啊。我也不知道，如果硬要我說，大概就像無窮無盡的黑暗，沒有聲音，什麼都沒有。懂了沒？」

這下子我的心跳更快了，感覺頭有點昏。我實在不懂爲何他可以接受這個說法，而且還說死亡後是無窮無盡的黑暗，更加深了我原來的恐懼。我這個人向來特別注意時間，而且是幾近偏執的程度。念大學的時候，有天晚上我偷吸大麻，室友回來後發現我坐在微波爐旁，不斷重覆設定十五秒的倒數計時，只為了計算到底過了幾分鐘。現在老爸竟然說死後沒有來生，而且還是我無法衡量的虛無。

我說：「你怎麼知道？我看你也不知道吧，那只是你個人的意見。」

他答道：「你錯了，這才不是我個人的意見，本來就是如此，我是實話實說。」順手又把報紙拿起來繼續看。我當時只覺得自己快昏倒了，於是就搖搖晃晃離開餐桌，走向爸媽的房間。老媽當時正坐在床上，馬上就察覺我不太對勁。

「小汀，你臉色怎麼這麼差！發生什麼事了？」她拍了拍床，示意要我坐下來。

我把事情跟她說了，她試圖安撫我的情緒，接著表示老爸當然也不知道死後會發生什麼事，然後輕聲安慰我說：「他又沒有死過，這種事只有死了才會知道，對吧？」

我半信半疑地回答：「也對，或許就像妳說的囉。」

此時老爸剛好走進房間，老媽一臉嚴肅看著他說：「山姆，快跟賈斯汀說你不知道死後會發生什麼事。他都知道你是隨便講的，你就承認了吧。」

「才不要，我可是清楚得很，事情就是這樣。」隨即離開了房間。

當晚我幾乎沒睡，不斷想著無盡的虛無到底是什麼。我上回失眠是十五歲那年，某晚爲了分析「回到未來2」的情節，熬夜思索主角在穿越時空、改變歷史之後，將出現多少個處於平行世界中的山谷鎮。那次失眠是因爲既興奮又疑惑，而這回則純粹是由恐懼所引起的。

輾轉反側一整晚之後，我終於放棄，清晨五點半就拖著身子起床。剛晃出房間就看到老爸坐在餐桌前吃喜瑞兒，他叫我過去坐，我便乖乖照做。

他說：「你知道無窮無盡最大的好處是什麼嗎？」

「不知道。」

「就是沒有終點。你、你的身體、你的體內能量，都會到某個地方去，就算死了也是一樣。你並沒有因此消失。」

看樣子，老媽找他談過了。

我焦急問道：「所以你的意思是我們永遠都會活著嗎？就像變成鬼魂之類的？」

「拜託，並不是，眞是受不了你，我看你得多上一些科學課程才行。我說的是，你身體的組成分子會一直存在，以後也不會消失。所以你眞正要擔心的是現在，這個有身體、有腦袋、會撒尿拉屎的當下。想想怎麼過活就好，死亡這事簡單多了。」

然後他放下湯匙，看了我一眼，站起身子說：「現在我先不奉陪了，因爲我要去做一件活著才能做的爽事：大便。」

1 Rabbi：即猶太教的教法師。

★ 論「接到推銷電話」

「喂？......幹恁娘。」

☆ On Telemarketer Phone Calls

"Hello? . . . Fuck you."

★ 論「我想抽雪茄」

「你不是抽雪茄的料啦……喔，我當下想到的第一個原因是，你拿雪茄的方式，很像在幫老鼠打手槍。」

☆ On My Interest in Smoking Cigars

"You're not a cigar guy. . . . Well, the first reason that jumps out at me is that you hold it like you're jerking off a mouse."

★ 論「考慮要不要去刺青」

「你想幹嘛是你的自由，但我想幹嘛也是我的自由。我到時一定會到處跟人說你的刺青難看死了。」

☆ On Entertaining the Notion of Getting a Tattoo

"You can do what you want. But I can also do what I want. And what I'll be doing is telling everyone how fucking stupid your tattoo is."

★ 論「看家」
「如果家裡失火了就打給我；還有，不准在我床上打炮。」
☆ **On House-sitting**
"Call me if something's on fire; and don't screw in my bed."

★ 論「我計畫的歐洲之旅」
「我知道你肖想到時可以跟很多妹上床，但歐洲並不是什麼性愛天堂，跟這裡一樣平凡，別傻了！」
☆ **On My Trip to Europe**
"I know you think you're going to get all kinds of laid. It's not a magic place, it's the same as here. Don't be stupid."

★ 論「棒球卡」
「如果你過了二十歲還在賣這些東西，就代表你八成還是個處男，要不然就是在吸毒。」
☆ **On Baseball Cards**
"If you sell them over the age of twenty, it means you either never get laid or you have a drug problem."

★ 論「第一次使用年長者優惠」
「幹，我是老人耶，免費的東西還不快拿來。」
☆ **On Deciding to Use His Senior Discount for the First Time**
"Fuck it, I'm old. Gimme free stuff."

★ 論「電視影集X檔案」

「到底是那女的和那呆頭呆腦的男的有一腿，所以一起去找外星人；還是說他們有一腿，只是動不動就被外星人跟著？」

☆ **On the Television Show The X-Files**

"So, the woman and the dopey-looking guy screw, and then they look for aliens or they just screw and sometimes aliens follow them?"

★ 論「總統該選小布希還是高爾」

「高爾有點像愛說大話的討厭鬼，但我每次看到布希的臉，就覺得他八成有一屁股爛攤子，成天擔心該怎麼收拾。」

☆ **On Whether to Vote for George W. Bush Or Al Gore**

"Gore seems kind of like a pompous prick, but every time I see Bush I feel like he's probably shit his pants in the last year and it's something he worries about."

No.13

絕對不要隨便相信權威

Don't Be So Quick to Buy into What Authority Prescribes

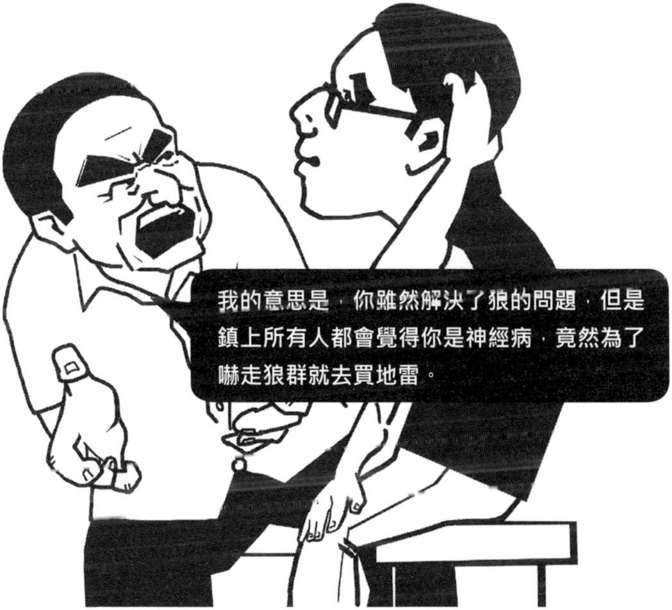
我的意思是，你雖然解決了狼的問題，但是鎮上所有人都會覺得你是神經病，竟然為了嚇走狼群就去買地雷。

" What I'm saying is, you might have taken care of your wolf problem, but everyone around town is going to think of you as the crazy son of a bitch* who bought land mines to get rid of wolves. "

在我九歲的時候，身上的關節開始變得怪怪的，讓我渾身不對勁，感覺就好像有個迷你人藏在裡面搔我癢。我雖然不會痛，卻常常覺得不舒服，而且衰的是，這感覺伴隨著一個副作用：常常抽筋。我媽覺得我應該要去看個醫生，但醫生檢查後也找不出什麼毛病，只說：「他正在長啦，因爲長得太快，才會出現這種現象。這完全正常，過了就好了。」

我跟老爸抱怨過無數次了，某晚我再度跟他發牢騷時，老哥丹尼爾在一旁提出不同的見解：「搞不好因爲你是 gay 炮。」

我爸吼了他一聲：「給我安靜！」接著問我：「你會痛嗎？」

「不會，只是……不知道耶，就怪怪的。」

「你解釋得還眞『詳細』啊，惜字如金，你他媽的又不是海明威。如果不會痛，那問題在哪裡？」

「不知道，就感覺常常要伸展一下。」。

老哥嘰喳個沒完：「爸，他無時無刻不在痙攣啦。」

老爸厲聲對他說：「我看你的大嘴巴也無時無刻不在痙攣。」然後又轉向我說：「好吧，萬一會痛要跟我說。」

從那時起，全家人（包括我自己）都把我關節的不適感稱作「痙攣」（Twitches），聽久了還眞像十八世紀英國貴族嫖妓得來的性病之類，但由於朗朗上口，大家也就習以爲常了。

記得小時候，我的家庭醫生都是由我爸指定，他挑的多半是工作上有往來的醫生。某次我針對自己沒決定權一事表達不滿，他不耐煩地說：「不好意思，你是醫學院出身的嗎？你過去二十五年來有在鑽研醫學嗎？連個屁都沒有。醫生還是交給我選吧，你就安靜去旁邊發你的呆好了。」

我二十一歲那年，原本的醫生搬走了。於是保險公司寄給老爸一份醫師名單，請他從中選擇一位，但裡面沒有半個他認識的人。所以他就把名單給我看，把決定權交到我手上。

他吩咐：「聽好，你可能會覺得我有偏見，但最好挑個有猶太姓氏的醫生。」

「爸，這樣是種族歧視耶。」

「什麼種族歧視？哎，我拜託你，這才不是歧視，只不過我認識了很多猶太醫生，而他們醫術都非常高明。還有，別忘了你爸也是猶太醫生，而且——幹，隨便你啦！」他老大不爽地離開客廳。

最後我選擇一位和老爸在同一家醫院工作的醫生。幾個月後，我去做例行健康檢查。醫生很年輕，身材矮小且一頭黑髮，頗像猶太人版的湯姆克魯斯……不過要再加上大舌頭。一般健檢程序不外乎：吸氣、吐氣、轉個頭、咳個嗽、用小槌子敲膝蓋等等。

他最後做出結論：「好囉，你很健康。還有其他問題嗎？」

我想了想，本來要說沒有，但忽然記起「痙攣」一事，覺得順便問問這位醫生好了。我描述了一下症狀，接下來幾分鐘他問了些問題，同時進行其他身體檢查，把我的腿前後移動，壓了壓我的關節，然後要我在診療室等他，之後便離開兩分多鐘。

他回來的時候，手上拿著一張處方箋說：「跟你說，這個藥叫樂復得（Zoloft）。」他接著說明樂復得的歷史及用藥方式，表示這個藥可能有用。

他說：「我不敢百分之百保證有用，但的確可能有用，說不定你的關節毛病就因此治好了。我認爲可以試試看。」

我馬上表示自己很樂意嘗試，等他開好處方，我就直接去藥房領藥。

當晚因爲老媽得加班，只有我和老爸兩人在家吃晚餐。他問我健康檢查的狀況，我跟他說一切良好，還補充一句：「喔，對了，他還開給我一些治療『痙攣』的東西。」

「喔？什麼**東西**？」他的雙眉皺成一座陡峭的小丘。

「喔，就是醫生說他不確定我的『痙攣』是什麼造成的，所以就……」

「就怎麼樣，開示一下吧。」他有點咬牙切齒。

我告訴他我去藥房領了叫樂復得的藥。

他大吼：「你現在就給我把那個鬼藥拿來！」然後向我伸出手來，好像我能讓藥憑空出現。

「哎？為什麼？你幹嘛兇我？」

「你連那個藥是用來幹嘛的都搞不清楚，那可是抗憂鬱劑耶，專門開給有憂鬱症的人，啊你有嗎？」

我跟他說沒有，接著說我實在受不了『痙攣』這件事，它害得我晚上都睡不著，還要常跟別人解釋為什麼身體關節會莫名抽動，自己聽了都覺得可笑。

老爸深深吸了一口氣，自言自語地說：「你別擺著一張大便臉了，冷靜一下。」隨後把身子靠到椅背上。

「聽我說，假設你有一座農場，上頭養了一群綿羊。每天晚上都會有狼來吃羊，你很想解決這個問題。

好，你可以選擇去買地雷，埋在農場附近，狼一接近就會踩到地雷，被炸得粉身碎骨。如此一來，問題就解決了，對吧？」

他盯著我瞧了好一會，我才發覺他是在問我問題。

我說：「我完全聽不懂你在說什麼耶……」

「我的老天爺，你有夠遲鈍。我的意思是，你雖然解決了狼的問題，但是鎮上所有人都會覺得你是神經病，竟然爲了嚇走狼群去買地雷。大家會把你當成瘋子，以後只記得你埋過地雷。更慘的是，你以後再碰到狼群，就只知道把牠們炸得稀巴爛。懂我的意思了嗎？」

說完他便把身子靠回椅背，我們兩個沉默對望了好一陣子。

「爸，我就是要吃藥。」

「幹！你敢！」

他憤而從椅子上起身，衝到我房間。我聽到他在房內一陣狂搜，翻箱倒櫃，把抽屜開開關關，拉開我背包的拉鏈詳加檢查。他回到廚房，手裡握著我那罐樂復得，大步走向流理台，把價值二十美元的藥丸一股腦地倒進排水孔，並打開廚餘處理器加以輾碎。

「你以後會感謝我。」他邊說邊走回餐桌，繼續吃他的晚餐。

我問：「你這樣是要我怎麼跟醫生說？」

「干我屁事，叫那個醫生去死一死。」

幾個禮拜後，老爸有天提早下班回家，一頭探進我的房間，我正忙著寫功課。

他說：「帶點吃的走吧，我們要去醫院。」

「為什麼？拜託不要騷擾我的醫生。」

「說什麼鬼話，我又不是瘋子。」

於是，我們父子倆驅車前往聖地牙哥加州大學醫學中心。一走進候診區，老爸就去櫃台辦理掛號手續。兩分鐘後，護士叫到我的名字，引領我和老爸到後方一間診療室，裡面有位頭髮花白的老醫生正在等候。

老醫生伸手跟我爸握手：「山姆，真高興見到你。」

他們聊了幾分鐘，說了一些醫生才懂的笑話，最後的笑點多半是：「結果那個連冠狀動脈栓塞都稱不上咧！」接著就是一陣歇斯底里式的狂笑。我板起一張臉，坐在那位醫生的辦公桌上，桌上鋪了一層薄薄的白紙。我努力想把屁股磨擦白紙的沙沙聲降到最低，同時等他們注意到我的存在。

醫生問：「所以，今天有什麼我可以效勞的嗎？」

「這小鬼頭的關節不太舒服，搞得他心神不寧的，希望你可以幫他看看。兒子，你自己跟醫生說。」

「喔，就感覺像有人從裡面搔我癢——」

老爸厲聲說：「搞什麼鬼，用醫學名詞啦，人家是醫生耶。」

那位老醫生幫我進行一系列的身體檢查，跟我之前那位醫生所作的如出一轍，然後轉頭跟我爸說明，簡直把我當成空氣。

「我認為最主要的原因就是你兒子一下子長太快，造成關節的壓力，他才會有這種奇怪的感覺。」

老爸說：「你意思是他的身體在作怪嗎？」

「嗯，可以這麼說啦。」

我終於得到了答案。

我們離開診療室後，回到醫院走廊上，老爸忽然轉過頭來，小聲跟我說：「幹，那些話我也會說。去他的醫生，對吧？」

髒字考

＊Bitch/Son of a bitch＊

字面義為「母狗」，原指性致盎然、如母狗發情般的女性，常約定俗成指稱「婊子」；引申指稱不理性、難溝通、好爭鬧的對象，簡稱「潑婦」。

用來指稱女性時，可直接使用“bitch”（美國時下年輕人更愛用“biatch”，意思不變）；用來指稱男性，習慣用“son of a bitch”，也就是「母狗之子」，中譯「狗娘養的」。但在部分場合中無論男女皆適用，例如有些好朋友間打招呼可能會說“Hello, bitches!”

文中“think of you as the crazy son of a bitch”不宜譯為「狗娘養的」，而是指他「神經病」。父親用“son of bitch”來指稱自己兒子，帶給人一番奇妙感受。

★ 論「養護花圃的技巧」

「就是要澆水。反正你就拿起這個鬼水管，把水澆在植物上面。你不需要付租金，澆就對了啦。媽的，問這麼多。」

☆ **On the Proper Technique for Growing a Garden**

"It's watering plants, Justin. You just a take a goddamned hose and you put it over the plant. You don't even pay rent, just do it. Shit."

★ 論「第一次搬出去獨立生活」

「我本來要說我會想你的，但既然你住的地方離這裡不過十分鐘遠，我只想說，不准把髒衣服拿回家洗。」

☆ **On Moving Out of My Parents' House for the First Time**

"I'd say I was gonna miss you, but you're moving ten minutes away, so instead I'll just say don't come over and do your fucking laundry here."

★ 論「幫新家添購傢俱」

「選傢俱跟選老婆一樣，你覺得舒服好看最重要，但不能太好看，以免路人看上眼，動起歪腦筋。」

☆ On Furnishing One's Home

"Pick your furniture like you pick a wife; it should make you feel comfortable and look nice, but not so nice that if someone walks past it they want to steal it."

★ 論「突然造訪我住的新公寓暨首次看到我房間」

「為什麼牆上的壁畫是兩個人在打炮？……兒子，恕我直言，你可不是諧星安迪挖勒考夫曼哦。如果你以後成名了，或許別人就會覺得這樣很有趣，但現在我看到這幅壁畫，只會覺得你大概一輩子都得當處男了。」

☆ On Coming Over to My New Apartment Unannounced and Seeing My Room for the First Time

"Why is there a mural of two people fucking on your wall? . . . Son, let me be the first to tell you that you're not Andy Fucking Kaufman. When you get famous maybe shit like this will be funny but right now all it says to me is this kid never gets laid. Ever."

★ 論「我對於輪胎被割破的反應」

「喔，這種事幹嘛去報警。警察要忙真正重要的案子，我可不希望自己納的稅，被警察拿去用來找出誰在堵爛你。」

☆ **On My Response to Having My Tires Slashed**

"Oh, don't go to the goddamned cops. They're busy with real shit. I don't want my tax dollars going to figuring out who thinks you're an asshole."

★ **論「省吃儉用」**

「你為什麼在看每月開銷？……何必咧，我來幫你把事情簡化一下：你的薪水根本少得可憐，所以一毛錢都不要花。」

☆ **On Living on a Budget**

"Why are you going over your monthly expenses? . . . No, let me shorten this process for you: You make dog shit, so don't spend any money."

★ **論「我朋友被開了一張MIP[1]罰單後的反應」**

「他哭了？哇哩咧，你千萬不要跟他一樣……喔，當然最好是不要被開罰單。但就算被抓包，也不要哭成那樣，有夠丟臉。」

☆ **On My Friend's Response to Getting a Minor-in-Possession Ticket**

"He cried? Jesus, don't ever have that happen to you. . . . Well, no, try not to get a ticket, sure, but if you do, don't cry like a fucking baby."

★ **論「得到昆汀塔倫提諾製片公司的一份實習工作」**

「你說那個醜不拉幾的傢伙……喔，是啦，恭喜你。不過如果你剛吃飽後見到他本人，盡量不要盯著他的臉瞧。」

☆ **On Getting an Internship at Quentin Tarantino's Production Company**

"That is one ugly son of a bitch. . . . Oh, yeah, no, congratulations. If you see him, try not to stare at his face if you've eaten anything."

★ **論「我有意從事跳傘運動」**

「你不會真的去啦，我敢打包票……兒子，以前可是我幫你把屎把尿的，你有幾兩重我比你還清楚……好啦，是你媽幫你把屎把尿的，但我多半也在她旁邊啊。」

☆ **On My Interest in Going Skydiving**

"You won't go do that, I know it. . . . Son, I used to wipe your ass, I know you better than you know you. . . . Fine, Mom used to wipe it, but I was usually nearby."

★ **論「我的棒球生涯因手臂受傷而告終」**

「真是可惜，如果你很不爽想發洩一下就跟我說，我們去打打高爾夫球什麼的……喔，對，你手臂受傷了。嗯，也是可以用其他方式來發洩啦。」

☆ **On the Arm Injury That Ended My Baseball Career**

"I'm really sorry, son. If you're pissed off and you need to blow off some steam, let me know. We'll go smash some golf balls or something. . . . Oh right, the arm. Well, there's other, nonphysical ways to blow off steam."

★ 論「品客洋芋片的口味」

「我才不要吃什麼『pizzalicious[2]』口味，這是什麼鬼形容詞，怎麼可以把『licious』亂加到名詞後面，根本就狗屁不通。」

☆ **On Pringles Flavors**

"I'm not eating something called 'pizzalicious.' That's not even a fucking adjective. You can't just add 'licious' to nouns. That's bullshit."

1 Minor in Possession：指未成年人非法持有酒精、大麻等物品。
2 Pizza（披薩）與delicious（美味）結合而成的複合字。

No.14

孩子是父母永遠的牽掛

You Never Stop Worrying About Your Children

他們會把你像豬一樣開腸破肚，在你的屍體上撒尿，最後再丟下一句『歡迎來到墨西哥！』

" They'll gut you like a pig, piss on your corpse, and then say 'Welcome to Mexico!' "

大三的時候，我搬出家中，住進聖地牙哥太平洋灘的一個三房公寓，室友分別是我的死黨阿丹，以及另一個女性朋友。雖然新住處離爸媽家只有十分鐘的路程，但在老爸眼裡，我跟搬到瑞典沒兩樣，因為他是絕不會來拜訪的。

我問他是否會來看一下屋況，他說：「我不想知道你在屋子裡幹嘛。」

「爸，屋子裡沒發生什麼見不得人的事啊。」

「你沒有搞懂我的意思，我是根本**不在乎**那間屋子的事，這叫作『漠視』，聽不懂就去查查字典吧。」

我那段時間雖然自己住，但仍每星期回家一次，洗個衣服，搜刮一些冰箱裡的食物，盡可能利用家中現成的「資源」。

某天下午，老爸正好幫後院的玫瑰澆完水，一進屋就發現我在享用貝果夾乳酪起司，那是他原本準備要給自己吃的點心。他說：「你就這樣隨時大剌剌晃進家門，想要什麼就拿什麼喲！你以爲你是該死的納粹，可以隨時闖進德國小老百姓家裡大吃大喝。」

我知道老爸其實很高興見到我回家，儘管他絕不會承認這點。我通常是晚上過去，那時他也正好下班回家，我們就會聊聊彼此的近況。那段時間，我頭一回感到自己可以像大人一樣跟老爸說話，甚至開始像朋友一樣親近。直到六月底的某個傍晚，他要我星期五那天跟他一起把花圃好好整頓一下，那時我才發覺，我們之間的藩籬已經在不知不覺中消失了。

「星期五下午四點過來，不准給我遲到，我可不想天黑後還要搞這件事，忙完後晚餐我請客。」

老爸將花圃視爲家中的一塊聖地。他於一九七二年買下這棟房子後，把前後院所有多餘的空間都當作花圃，而且除了種花，還有種番茄、萵苣，甚至種過玉米。他十分寶貝他的花圃，一有空就會到院子悉心照料每棵植株，而且絕不允許別人亂碰。儘管平時再粗重的工作，老爸都自己一手包辦，但他打算在週五搭個圍籬種番茄，若只有一個人做，困難度頗高。多年前我還小的時候，曾經幫他做過類似的工作，我那時本來要把鐵絲網弄彎後再纏成圓柱狀，但手不小心滑掉，鐵絲整個反彈回去，硬生生刺到老爸的腿。

「**幹恁娘！**」他痛得大叫，然後轉過頭來對我說：「滾啦！」

所以這次他叫我星期五幫忙整理花圃，對我來說意義十分重大。他不是需要我幫忙，而是**希望**我幫忙。

週四晚上，也就是要幫老爸忙的前一晚，我跟同學史黛西一起念書。由於我們都在該學年退了一門課，所以必須在暑期補修。我之前跟史黛西一起修過幾門課，早就在暗戀她了，但從沒約她出去，也沒表露過自己的心意，主要是因爲她有男朋友了，但就算她單身，我大概也沒那個勇氣採取行動。她一頭金髮，胸部雄偉，是我自慰時無數次性幻想的對象。我們坐在她床墊上念書，她轉頭對我說：「跟你說，我跟彼得分手了。」

我的性幻想有九成以上都是如此開場。

她問我：「我現在念不下書，無法專心。我想要找點樂子，你想嗎？」

「好啊。」我努力假裝鎮定。

「我和幾個朋友今天晚上要去羅薩里托（Rosarito）慶祝國慶，旅館房間都訂好了，一起來吧。」

其實就算她說：「我跟幾個朋友要把小火箭塞到屁眼裡，點燃後向警察局發射，一起來吧。」我也絕對會答應。

我跟她說我需要十五分鐘打包一下，然後故作冷靜地步出她家，在黑夜中狂奔回車上；我緊張到太陽穴附近冒出豆大汗珠，車一發動就把油門踩到底。不幸的是，我那台一九八六年款的奧斯摩比最高時速只有九十多公里，所以比想像中晚到家。我急忙把幾件襯衫、一件泳褲以及家中所有保險套（三十個左右）全扔進背包，然後開車回史黛西家。我跟史黛西，加上她的三個好姊妹，一同跳上她朋友的雪佛蘭休旅車，一群人往墨西哥開去。

羅薩里托鄰近提華納市（Tijuana），是座墨西哥北部的濱海小城，給人的感覺猶如洋基跟紅襪在芬威球場大戰時的觀眾看台：既擁擠又骯髒，放眼望去是數千名醉醺醺又吵鬧的美國人，隨地亂丟垃圾。儘管如此，這個小鎮仍有其迷人之處。羅薩里托最引人入勝之處，就是年滿十八歲就可以喝酒，以及東西便宜到不行。我們一行五個人沿著太平洋海岸公路驅車前進，一邊喝著墨西哥的特卡特啤酒，一邊興奮聊著到了墨西哥後一定要把自己灌醉。

史黛西的朋友大聲宣告：「我一定要喝個爛醉！」隨即轉頭問我：「賈斯汀，敢一起喝個爛醉嗎？還是你沒種？」

我還真不知道她是怎麼生出這唯二選項的，但我很清楚她想聽的答案。

我放聲大叫：「一定要喝個爛醉的啊！」畢竟輸人不輸陣。

此法果然奏效，大家都跟著歡呼，然後史黛西竟抓了我褲襠一把，這個舉動實在很不誘人，而且還有點痛。但那時不管史黛西想用手對我的褲襠做什麼，我都會欣然接受。

兩小時後，我們終於抵達羅薩里托的旅館，入住了一間又髒又暗的房間，裡面只有一張床、一間衛浴，加上三幅油畫，畫的都是大胸脯的墨西哥女人被西班牙征服者給擄走。我們到了房間，立刻開始一杯接著一杯，喝著剛從旅館禮品店買來的龍舌蘭。我先進浴室，在襪子和棒球帽中各藏了一個保險套，萬一我跟史黛西就留在外頭過夜，才不至於毫無準備。我潑了些水到臉上，順了順頭髮，還刷了牙。

我一走出浴室，就看到史黛西的三個朋友都圍著她。史黛西整個人蜷縮成一團，坐在地板上歇斯底里地放聲大哭。

「我好想好想彼得！我們竟然真的分手了！」史黛西哭個沒完，一旁的朋友只好不斷安撫她。

史黛西忽然起身衝進浴室，對著馬桶狂吐。接下來一天半，她只跟朋友待在旅館房間，大吼大叫，一遍遍重述她與彼得分手的過程。我有兩三次都自己跑到酒吧，獨自閒晃一小時後，沒跟任何人攀談就又回到旅館房間，空氣中仍瀰漫著嘔吐味。

星期六下午，我們擠進那台雪佛蘭休旅車，開往美墨邊境。一路上大家不發一語，史黛西坐在我旁邊，全程都在睡覺。等到快越過邊境，我才將手機開機，因爲之前在墨西哥收不到訊號。手機一開，就嗶嗶響了幾聲，螢幕顯示我有語音訊息。我輸入了語音信箱代碼，才驚覺自己徹底忘了要幫老爸整理花圃。

語音信箱的系統音傳入耳中：「您有四通新留言。」我不禁覺得下一句可能會是：「您死定了。」

第一通留言：「兒子，我是老爸。等等幫我去家得寶[1]買些東西再過來，聽到留言打給我。」

我的胃開始翻攪，此時又傳來系統音：「下一通留言。」

「兒子，你死去哪啦？不是跟你說四點過來嗎？現在都四點十分了，快打給我。」

第三通留言完全是一陣沉默，然後就聽到掛電話的聲音。我突然鬆了口氣，猜想老爸搞不好已經釋懷了。

系統音再度出現：「下一通留言，這是在今日下午三點三十分。」

「**你他媽的到底在搞什麼鬼**？我剛才去你住的地方，你室友竟然說你人在墨西哥！你眞的給我跑去墨西哥了嗎？！**快給我回電！**」

我整個人開始冒冷汗，雙腿微微發抖，不巧的是，我們正要經過邊境檢查哨站。我敢保證當時我一臉心虛的樣子，活像座位下藏有一公噸的古柯鹼，外加行李廂中躲了幾名偷渡客。幸好，站哨的巡警最後揮了揮手，准許我們通過。

我們越過邊境，才開到第一個岔路，史黛西的朋友就把車停在路邊。

她說：「餓死了，我要去買『魔術盒』的東西吃。」

「不要，我現在就要回家。」我不耐煩地丟出這句，而且音調瞬間高八度（這是第一次也希望是最後一次在女性面前發出這種聲音）。

「哇，幹嘛這麼兇。我們只是要去買幾個漢堡而已，眞是的。」

我幻想著自己跳到前座，一個飛踢把她踹下車，用力甩上車門，急踩油門加速離開。但眞實情況則是，我坐在用餐區，看著那四個女生悠哉享受手中的漢堡。我打給阿丹，想了解一下情況有多糟。

阿丹說：「你爸看起來超不爽的，我有跟他說你人在墨西哥。」

我大吼：「你跟他說我在墨西哥？你幹嘛說啊？」

「因爲你確實在墨西哥啊。」

我氣得掛斷電話。過沒多久，史黛西跟她的朋友才漫步回車上。我們繼續沿著海岸向北開，一到聖地牙哥就先前往史黛西的公寓，我的車還停在那裡。我到後車廂拿了背袋，二話不說，就迅速走向自己的車。

史黛西沒好氣地說：「呃，那就掰囉？」

「嗯，掰……不好意思囉。」我說完就跳上自己的車，把門甩上。

我驅車前往爸媽家，不斷盤算該用什麼藉口才能解除危機，最後決定不用白費力氣了，因爲我種下了太多危險因子，不但惹毛我爸、人間蒸發，還擅自跑到墨西哥——這是壓垮駱駝的最後一根稻草。我爸媽對於墨西哥有莫名的恐懼，認爲一旦跨過邊境，就會有毒販騙你吞下海洛因，一小時後醒來，整個人已躺在裝滿冰塊的浴缸，一旁的毒販正忙著摘取你的腎臟。

我在家門前停下車來，瞥見車道上停著老爸的車，打開家門，就看到老爸坐在客廳瞪著我，好像過去兩天都維持這個姿勢一樣。

他大吼：「**你他媽的死去哪裡了**？」並迅速起身衝向我，頗像一隻身形過胖的黑豹。

我說：「等一下，先聽我解釋。」

我立即搬出一套精心策畫的謊言，表示自己忙著做學校報告，後來又幫朋友慶生云云，東拉西扯一番，他沒等我說完就打斷。

「墨西哥耶！媽的，你竟敢給我跑去墨西哥？他們會把你像豬一樣開腸破肚，在你的屍體上撒尿，最後再丟下一句『歡迎來到墨西哥！』」他吼完又加上一句：「還有，你答應要出現在哪裡，就應該出現在他媽的那裡！」

我大聲叫屈：「我知道錯了嘛！」

「你知道個屁！大家都擔心死了！你媽知道後著急得要命，其他的人也是，我還特地去報警，就只爲了找你！」

「你報警了？」

「對，報警了！」

「那你不是應該要打給警察，說你找到我了嗎？」

老爸頓時語塞。

「他們會自己發現的。」他的語氣忽然有所轉變。

我看著他。他很少對我說謊，但只要一說謊，很容易就能觀察出來。

我懷疑地問道：「你沒報警對不對？」

他說：「我有打電話就對了。」

「是打給警察嗎？」

一陣沉默後，他有點不好意思地說：「不是。幹！我本來要報警了！也眞的應該報警，但我後來想說如果你只是在鬼混，那我不就等於浪費警察的時間了嗎！」

我發覺他的怒氣有點消了，應該趁現在設個停損點，亡羊補牢一下。所以我趕緊向他大大道歉一番，表示自己被其他事情耽擱，才會完全忘了跟他有約在先，並且不斷強調自己的行爲有多麼愚蠢。

我自責到一半，他就插話：「好啦好啦，你不用一直說自己笨在哪裡，這我清楚得很。」

然後他示意要我過去，我膽怯地走近。突然間他把我抓住，然後緊緊抱著我，說：「臭狗崽子，等你以後當了爸爸，就知道擔心的滋味了。對孩子永遠有操不完的心，實在有夠煩。你再亂來也要有個分寸，別忘了這是你自己的人生，你這個死孩子。」

他說完就放開我，隨手抓了包洋芋片。

「去把那瓶番茄醬拿來吧，我們要去叔叔家烤肉，快遲到了。」

我語帶猶豫地回答：「但我跟阿丹說好要在海灘碰面耶。」希望他能體諒我已安排其他的活動。

「少廢話，背包帶著，還敢跟我講這些有的沒的。」

1 Home Depot：美國最大的居家修繕用品連鎖賣場，類似台灣的「特力屋」。

★ 論「議價的真諦」

「你真該看看你媽是怎麼教訓那個狗娘養的店經理，簡直把他罵到狗血淋頭。那家店是絕對不敢再惹你媽了。」

☆ **On Finding the Best Deal**

"Man, you should have seen your mom tear that RadioShack manager a new asshole. I would venture to say she made a home inside his asshole. That will be the last time RadioShack tries to fuck with your mother."

★ 論「網路服務」

「我才不要……我知道網路是幹嘛的……我當然知道！但你的朋友都有網路干我屁事。他們髮型都很呆，我就得跟他們一樣呆嗎？」

☆ **On Internet Service**

"I don't want it. . . . I understand what it does. . . . Yes, I do. And I don't give a shit if all of your friends have it. All of your friends have dopey fucking haircuts, too, but you don't see me running to my barber."

★ 論「另類娛樂」

「一邊坐著喝啤酒，一邊看狗狗對著沙袋發情，其實還滿有趣的。」

☆ On Nontraditional Entertainment

"There's something to be said for sitting around and drinking a beer while you watch your dog try to fuck a punching bag."

★ 論「職棒禁藥醜聞」

「麥奎爾服用類固醇有什麼好驚訝的？看看他痴肥的樣子！根本就該在市集公開展示，只不過要找個衰鬼在後面幫他擦屁股。」

☆ On the Baseball Steroids Scandal

"People are surprised Mark McGwire did steroids? Look at him! He looks like they should have him in a stall on display at the fair with some poor son of a bitch cleaning up his shit."

★ 論「我的好萊塢編劇之夢」

「這就好像你去玩旋轉木馬，只是不是你騎馬而是給馬騎。能看嗎？」

☆ On My Decision to Try to Make It As a Hollywood Screenwriter

"It's like being on a merry-go-round, except the horse you're riding fucks you."

★ 論「開車經過西好萊塢（我剛到洛杉磯第一年住的地方）」

「這一區好像滿多gay的唷……哎，拜託你，我又不是那個意思。而且，相信我，他們再怎麼樣都不會想跟你上床啦。人家是同志，又不是瞎子。」

☆ **On Driving Through West Hollywood, Where I Lived My First Year in L.A.**

"There seem to be a lot of gay people there. . . . Oh please, as if that's what I meant by that. Trust me, none of them would ever want to fuck you anyway. They're gay, not blind."

★ 論「因為交不到朋友而感孤單」

「你自己有沒有出去晃晃，找人聊聊天、努力去認識人啊？……屁咧，利用洗車的空檔跟人瞎聊哪裡叫做努力。」

☆ **On Being Lonely and Having Trouble Making Friends**

"Have you tried going out to places, talking to people, making an effort? . . . Bullshit. Talking to someone in a Jiffy Lube waiting room is not making an effort."

★ 論「自吹自擂」

「要是我的話，才不會這麼得意……喔，第一，只有坐在你後面的小女孩露出欽佩的眼神，第二，店家並不會因為你一連吃了兩份早餐，就頒一個獎牌給你的啦。」

☆ **On Bragging**

"I would simmer down a bit if I were you. . . . Well, for one, the only one who was impressed was the little girl sitting behind you, and for two, they don't exactly hand out Medals of fucking Honor for eating two Denny's breakfast plates in one sitting."

★ 論「應付吵鬧的鄰居」

「你有跟他們反應嗎？……他們塊頭比你大嗎？……你怕被揍嗎？……原來如此，早知道就先問這個問題，免得浪費時間。這樣的話，你也只有乖乖忍受噪音囉。」

☆ **On Dealing with Loud Neighbors**

"Have you told them it bothers you? . . . Are they bigger than you? . . . Are you afraid of getting your ass kicked? . . . Ah, okay, I probably should have asked that question first, woulda saved time. Yeah, you're just gonna have to deal with the noise, son."

No.15

家人是你一輩子的依靠

At the End of the Day, at Least You Have Family

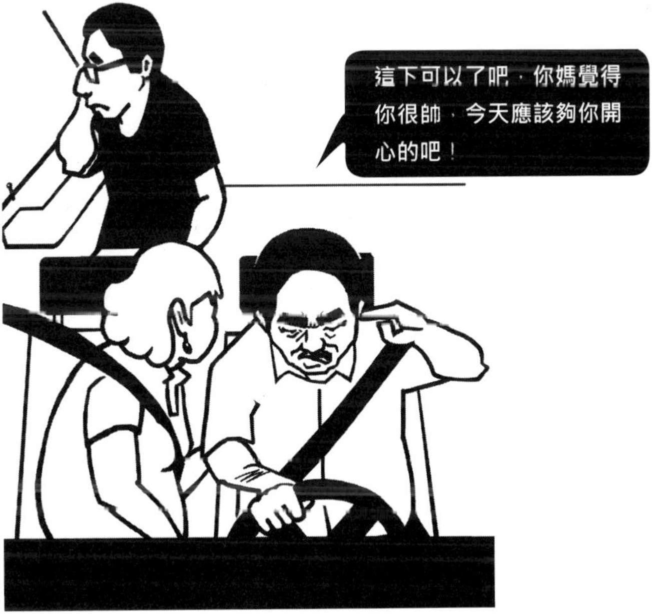

這下可以了吧，你媽覺得你很帥，今天應該夠你開心的吧！

" So there you go. Your mother thinks you're handsome. This should be an exciting day for you. "

我大學畢業兩個月後，終於離開聖地牙哥的家，搬到洛杉磯住。由於我大學念的是廣電，又主修寫作，便決定踏上編劇這條路。

在九月的某個晚上，我和艾文分別向家人宣布自己的職涯目標。

「聽好，這不是件容易的事，你一開始絕對會吃很多苦，但只要咬咬牙撐過去，就有成功的機會。」這是老爸給艾文的忠告；艾文想成爲一名專業浮潛員。

然後我分享了自己的計畫，他在二十秒後給我的忠告則是：「做好心理準備吧，絕對會碰上一拖拉庫的鳥事。」

但老爸其實對我很有信心，也完全支持我的決定，他甚至主動表示要幫我付前三個月的房租，協助我早日獨立自主。

「我想說，如果等我死了再給你遺產，搞不好到時你根本不需要，那遺產有什麼屁用啊？倒不如你現在需要的時候給你，而且我還打算老了以後，把剩下的錢拿去吃喝玩樂咧。」

我在西好萊塢找到一棟灰白色的公寓式建築，總戶數僅十戶，便跟一個大學朋友合租了一間兩房的公寓，她也夢想有朝一日能在演藝圈發光發熱。公寓牆上的油漆已漸剝落，地毯上布滿汙漬，十分適合當作「CSI犯罪現場」任何一集的道具。

我剛搬來的時候，洛杉磯對我而言可說是完全陌生的城市。雖然我生長於南方的聖地牙哥，離洛杉磯不過兩小時的車程，但我幾乎不曾造訪過這座大城。老爸曾說：「洛杉磯就像是聖地牙哥的姊姊，只不過醜了點，而且還長了皰疹。」我沒多久就發覺，這句話其實有幾分道理。

由於我跟洛杉磯實在不熟，因此受到不少「衝擊」，第一件事就發生在我入住公寓的當晚。我一進房，躺上那張老舊的加大雙人床，就聽到薄薄的灰泥牆另一頭，傳來陣陣的淫聲浪語，激情不已，這才發現原來自己和隔壁住戶只隔了一道牆。雖然我還沒和鄰居打過照面，但畢竟也看過不少A片，所以腦海馬上浮現一名爆乳的金髮尤物和某位無臉男的性愛畫面。有了腦中的畫面，再搭配上隔壁的實況轉播，我整個人興奮難耐，聽了幾分鐘，就把我唯一的A片插入電腦光碟機，自己也來個活塞運動，結束後就呼呼睡去。隔天，我一出門就碰到昨夜性福美滿的鄰居，他們正好也走出來。

「嗨，我叫史蒂芬，這是我男朋友盧卡斯。」我的鄰居邊說邊介紹一旁身材較高大的男性伴侶。

嘿，我叫賈斯汀，昨晚我一邊聽著你和你男友做愛的浪叫聲，一邊打手槍，整個把你當作正妹，現在我極度懷疑自己的性向——以上是我心中的OS。

我只表示很高興認識他們。

我的室友非常優秀且工作認真，搬到洛城不到兩個星期，就獲得某製片公司的實習機會，還找到一份全職工作，足以支應日常生活開銷。我連行李都還沒整理完，她就已經開始工作，每週時數高達九十至一百個小時，我幾乎沒見過她幾次。至於我，平日多半忙著投履歷給各個製片公司，徵詢實習機會，同時也到處找尋合適的工作。最後唯一找到的工作，是發送租屋指南給洛杉磯大都會區各家7-11分店。因此，每天早上我得前往一個大倉庫，把一疊疊小冊子裝到貨車上，接下來八小時則在辛苦找路，弄清楚到底該把冊子送到哪家分店，過程有如無聊透頂的洛杉磯市區觀光，而且工作性質純屬兼差，賺不了什麼錢。

我在洛城唯一的好朋友是派翠克，他是我的寫作夥伴。學生時代，我們曾經一起執導短片，並為一部劇情片撰寫劇本。雖然作品都難登大雅之堂，但我們樂在其中，學到不少東西，而且最重要的是，我們合作無間，也懂彼此的幽默。派翠克比我早來到洛城居住，便常跟我分享一些生活上的注意事項。但除了他之外，我平時固定會見到的人，就只有家門前有變裝癖的那些妓女。我搬到洛杉磯幾星期後的某天，有個妓女主動走過來和我攀談；眼見有機會和不認識的人聊天，我的內心其實感到一絲欣喜。

她指著我那台白色福特漫遊者說：「這是你的車嗎？」

我回答：「對呀。」

「我有個姊妹昨晚不小心吐在上面，不過我幫你洗掉了，只是想跟你說個抱歉。」語畢就轉身離開。

我生平第一次想家。

離家一個月後，我才打電話回家問好。老爸問：「新生活過得怎麼樣啊？」

「喔，就還不錯啊。」我不想讓他發現我心情低落。

「好你的頭，少騙我，我聽你的聲音就知道不對勁。」

「過得不太好啦，爸。」

我把過去一個月來的事都跟他說了，憋了一段時間的情緒也得到宣洩。

他笑著說：「以後如果我問你過得好不好，當然希望你不要有所隱瞞，但請跳過你邊聽gay做愛邊打手槍的事。」

「聽著，你才搬過去一個月，這種鳥日子每個人都需要時間適應，就連史蒂芬史匹伯也不是一個月就成名的，他以前搞不好還是個比你還不受歡迎的大混帳咧！」

老爸又跟我閒話家常了幾分鐘，聊了一下橄欖球比賽、老哥和老媽的近況等，聊完後我心情也好多了。於是我繼續努力打拚，而兩個月後，我開始在帕莎迪那舊城區「鱷魚咖啡館」當服務生，這家餐廳基本上類似Friday's，只不過風格比較低調。獲得這份工作實在沒什麼好炫耀，但老爸可不這麼認爲。

「你屁咧，這工作很棒啊！在洛杉磯要找個服務生的工作可不簡單，畢竟工作都被一堆爛演員給搶走了。我和你媽都以你爲榮，所以要帶你出去慶祝慶祝。」

「爸，眞的不用啦。」

「不用個屁。」

（「屁」是老爸的口頭禪，意思會隨著抑揚頓挫而改變。這次是指：「這件事沒有你多嘴的餘地。」）

老爸老媽要我學會肯定自己，他們知道唯有如此，我才不會對成功輕言放棄。我畢竟不是查理・布考斯基[1]，並不會因為生活不順遂就成為文學奇葩，等著賺取源源不絕的版稅。

老爸在掛電話前，還強調了一句：「我要帶你去吃勞瑞斯的牛排！」

勞瑞斯最有名的就是調味鹽，幾乎各大超市皆有販售，不過旗下的「勞瑞斯牛肋排餐廳」亦相當知名，洛杉磯那家分店向來是老爸的最愛。我們講完電話後沒多久，他就要老媽幫他建一個電子信箱（他終於答應安裝網路了），只為了傳給我勞瑞斯官方網站的連結。信件主旨為「勞瑞斯」，內容只有「這才叫頂級牛排！」以及餐廳菜單的連結。

隔週五，老爸老媽開著艾文的雪佛蘭來接我，因爲他已經在夏威夷展開浮潛事業。

我一上車，老爸就興奮地說：「準備去吃超讚的頂級牛排囉！」

他接著就問我一連串的問題，包括寫作進行得如何、洛杉磯的生活如何等等，反正任何想得到問題他都不會放過；二十分鐘後，我們抵達了位於威爾夏及拉辛尼加大道路口的勞瑞斯餐廳。我事先邀請了派翠克，他在大廳與我們會合，然後一行四人就前往入座。服務生才剛送上酒，老爸就舉杯敬我和派翠克。

「敬你們兩個好小子，單槍匹馬來這鬼地方追求夢想，眞夠種。也要恭喜賈斯汀找到新工作。」

我壓根沒想到這種窮酸的工作也値得他敬酒，但老爸是眞心引以爲傲。

我們這桌的女服務生金髮碧眼，雖然身穿難看的勞瑞斯餐廳制服，但無損她美麗的外表。不出我所料，老我爸隨即進入「調情模式」，開始問她一堆問題，像是勞瑞斯餐廳的歷史、頂級牛肉、調味鹽等，然後進一步探聽人家住哪裡（好萊塢）、平日做什麼工作（演員）之類。老媽後來不小心點到菜單上唯一的海鮮料理，老爸就想藉機拿此作文章。

他興致盎然地跟我媽說：「噢，瓊妮，別笑死我，**笑死我囉**！這裡是勞瑞斯，就是要吃頂級牛肉，哪有人來這裡點海鮮的啦！」然後轉頭望著那個服務生：「妳說是不是，是不是呀？」

儘管老爸總是否認自己會打情罵俏，他調情時那副德性早就是家中一大笑話。我們只要提起這件事，他就回答說：「拜託，我是已婚男人耶，我是絕不會外遇的。要是外遇，你媽會把我閹了，我何必自找苦吃。你媽可是有義大利人的血統，絕不會饒了我的。」

老爸除了對美麗女子有極大好感，對服務生更是如此。他向來覺得他們認眞工作，卻常受客人頤指氣使，所以只要出去吃飯，他給小費都很可觀，往往是帳單的三四成之多。那次用餐後，我瞄了一下帳單，共約二百二十塊美元，這是我吃過最貴的一次，而且其實我們家很少出去吃大餐，所以想必對他而言，這頓晚餐的意義非凡。我還盯著帳單看的時候，就看到他寫了八十美元當作小費。

憑我在餐飲業打滾八年的經驗（其中五年是做服務生），我可以告訴各位，我們這一行跟跳脫衣舞一樣：只要拿錢出來，我們就會假裝喜歡你。那位女服務生一見到小費，立刻神采奕奕地走過來，繼續和我們閒扯淡。老爸一聽她還單身，就指著我說：「這小子也單身耶，他現在就住洛杉磯，你們可以交往交往。」依照他的邏輯，只要兩個人住在同一座城市，應該就可以上床了。

十分鐘後，我們終於起身準備離開。老爸一面往餐廳門口走，一面向眼前每一位餐廳員工道謝，好像自己是剛獲頒奧斯卡金像獎的巨星，意氣風發地走下舞台。然後他在櫃台拿了根牙籤，放入嘴中，漫步出餐廳大門。我們跟派翠克道別後，待泊車小弟把車開來，老爸就上了駕駛座，老媽坐前座，我則坐在後座。三個人沉默了好一會後，老爸看著後視鏡對我說：「那個女服務生，對你很殷勤齁？她跟你聊了十來分鐘。」

「並沒有。那是因爲你給她很多小費，她才會那麼熱絡。而且你叫她詳細解釋牛肉調理方式，這就占了八分鐘。」

我們父子倆越辯越激烈，他堅持那女的喜歡我，我則完全不信，最後老爸乾脆大吼：「好啦，她覺得你是王八蛋！你說得都對，是我在胡扯！」

然後氣氛凝滯了十五秒，老媽轉過頭來看著我，微笑對我說：「我覺得你很帥呀！」

老爸大聲說道：「這下可以了吧，你媽覺得你很帥，今天應該夠你開心的吧！」

接下來一路上我們都沒怎麼說話，老爸憑著他六〇年代末期住在洛杉磯的記憶，不時指出他認得的地標。抵達我租的那棟公寓後，他便把車停在街旁。

我說：「我下車就好，你不用停車啦。」

「屁咧。」他邊說邊拉起手煞車。

結果老爸老媽兩人都下了車，老媽給我一個大大的擁抱，說她很愛我，也十分以我爲榮。然後換老爸用他一貫的熊抱，把我整個人用力包住，緊到讓我簡直難以呼吸，還用右手拍了拍我的背。

他說：「不要等到大事發生才想到打電話回家，不要有這種想法，否則還要好久才接得到你的電話。」

「知道啦。」

「你現在很努力，懂得抓住機會，我覺得很了不起。或許你覺得自己的工作很爛，但記住，我一點也不覺得爛。」

「知道啦。」

「對啦，你什麼都知道，所以才會一邊聽 gay 鄰居叫床一邊打手槍啦。」

「爸，我們站在他們公寓前面耶。」

他笑了笑，又抱了我一下說：「再怎麼樣，你都還有我們。我們是你家人，絕對挺你，除非你哪天給我跑去大屠殺什麼的。」

這時老媽趕緊把車窗搖下，煞有其事地說：「我到時還是會愛你哦，小汀，只不過我會想知道你爲什麼要殺人。」

老爸坐回駕駛座後，又越過我媽把頭探出車窗外說：「記得喔，全家都挺你。還有，我要怎麼開回五號州際公路啊？這裡的路眞是他媽的難找。」

1 Charles Bukowski（1920~1994），美國當代寫實作家，年輕時曾有一段時間放浪形骸、荒佚無度，種種體驗均化為筆下題材，擅長描寫社會底層卑微不堪的事情，著作包括小說及詩集，《時代雜誌》稱其為「無賴的桂冠詩人」。

★ 論「機上提供的酒類飲料」

「飛機上的威士忌難喝死了，簡直跟尿沒兩樣。你喝不出來的啦，因為你什麼屁都喝，我可不一樣。」

☆ **On Airlines' Alcohol Selection**

"They serve Jim Beam on airplanes. Tastes like piss. You wouldn't be able to tell the difference, because you drink shit. I don't."

★ 論「管理銀行帳戶」

「帳戶透支被收手續費有什麼好生氣的......不對不對，這就是你的問題了，把手續費當成一種罰金，但其實這是給你個當頭棒喝，讓你知道自己是個亂花錢的呆瓜。」

☆ **On Managing One's Bank Account**

"Don't get mad at the overdraft charge. . . . No, no—see, there's your problem. You think of it as a penalty for taking out money you don't have, but instead, it might help you to think of it as a reminder that you're a dumb shit."

★ 論「企業吉祥物」

「真喜歡達許夫人 ，這小妞還會做香料耶……我的天，瓊妮，那只是玩笑話啦，我說好玩的啦！達許夫人根本不是真人好不好，有夠衰的！」

☆ **On Corporate Mascots**

"Love this Mrs. Dash. The bitch can make spices. . . . Jesus, Joni, it's a joke. I was making a joke! Mrs. Dash isn't even real, damn it!"

★ 論「了解自己在家中的地位」

「你媽昨晚做了一些肉丸子，一些給你，一些給我。但我的肉丸子比較多。切記，我比你多。」

☆ **On Understanding One's Place in the Food Chain**

"Your mother made a batch of meatballs last night. Some are for you, some are for me, but more are for me. Remember that. More. Me."

★ 論「生日」

「給我聽好了，我才不管你記不記得我生日，因為我不需要有人提醒我自己快進棺材了。但是你媽還是喜歡每年過生日，所以你不管有什麼鬼計畫都給我取消，立刻開車回家幫她過生日……好吧，那你就祈禱她突然改變心意，不再重視這些無聊的人生大事囉。」

☆ **On Birthdays**

"Listen, I don't give a fuck if you forget my birthday. I don't need people reminding me I'm closer to death. But your mom, she still enjoys counting them down, so cancel your fucking plans and drive down here for her birthday party. . . . Fine, I'll let you know if she changes her mind and ceases to care about meaningless milestones."

★ **論「適量運動」**

「我在健身器材上待一小時了，滿身大汗而且想大便。我的腰包咧？運動結束。」

☆ **On How to Tell When a Workout Is Complete**

"I just did an hour on the gym machine. I'm sweaty, and I have to shit. Where's my fanny pack? This workout is over."

★ **論「衰老」**

「你媽跟我昨晚看了一部很讚的電影……我不記得電影叫什麼了。反正是關於一個男的，不對不對，等一下——幹，人老了真的很沒用。」

☆ **On Aging**

"Mom and I saw a great movie last night. . . . No, I don't remember the name. It was about a guy or, no, wait—fuck. Getting old sucks

★ 論「應有的熱衷程度」

「聽到沒？你哥訂婚了！……『是喔』？什麼叫『是喔』？那是什麼爛反應？......不行，這樣還是太冷淡了，你至少要翻個筋斗什麼的才對。」

☆ **On the Proper Amount of Enthusiasm**

"You hear that? Your brother's engaged! . . . 'Yea'? Did you just say 'yea'? What the fuck is that? . . . No, that's not gonna fucking cut it unless you say it while you're doing a somersault or something."

No.16

務必珍惜
互相依賴的感覺

Sometimes It's Nice When People You Love Need You

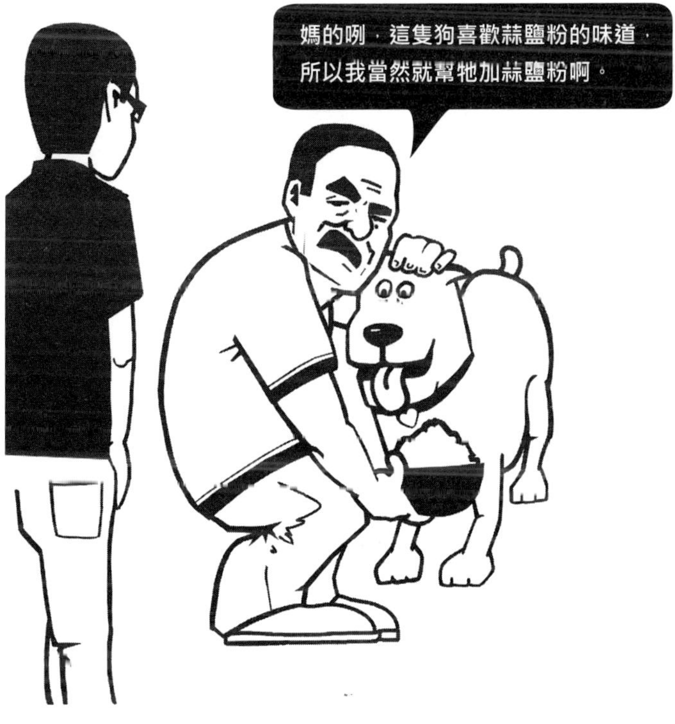
媽的咧，這隻狗喜歡蒜鹽粉的味道，
所以我當然就幫牠加蒜鹽粉啊。

" Listen, the dog likes garlic salt, so I give him fucking garlic salt. "

在洛杉磯住了一年後，我決定要養狗。請注意，我不是「覺得可以養」或是「考慮要養」，而是眞的要養一隻狗，其他寵物一概不考慮。

小時候，我很喜歡跟家狗布朗尼玩，尤其在兩個哥哥都離家後，牠更成了我唯一的玩伴。狗具有一項令我十分欽佩的特質：隨時想做什麼就做什麼。記得十三歲那年，某天吃晚餐的時候，我看到布朗尼在後院奮力地舔著身體，就這樣舔到射精在自己臉上，然後便趴下睡覺，好像剛才什麼事都沒發生。我完全沒興趣幫自己口交，不過還眞佩服布朗尼，可以爲了獲得快感而無所不用其極。

大學畢業一年後，我在一家高檔義大利餐廳當服務生，待遇優渥，一星期只需工作三天便足以支應生活開銷。其他時間，我幾乎都在房間埋首寫稿。坦白說，那時覺得養狗不啻是增加生活樂趣。

好友阿丹問我：「你連自己都快照顧不來了。況且你要把狗養在哪裡呀？」

我說：「公寓裡囉。」

「你又沒有院子，狗狗要在哪裡大小便？哪裡可以給牠跑咧？狗一定要有地方活動，不能只窩在公寓裡呀。」

「那就養小型狗呀，如果我養的是小型狗，公寓不就感覺很大了嗎？」

我知道老爸八成也會有類似反應，所以就沒跟他說這件事，也沒告訴那些可能把事情說溜嘴的家人。至於我室友，因爲從小家裡就有養狗，所以也沒有反對。於是，我就驅車前往位於洛城東北方約八十公里處，蘭卡斯特市流浪狗收容所。我經過　條又一條的走廊，目光掃視兩旁的狗籠，有些狗滿臉哀傷，有些則齜牙低吼，一直沒看到適合我的小狗。

我跟帶我參觀的收容所員工說：「我想要隻不會長大的狗。」

她要我放心，一定會幫我找隻小型狗，之後就帶我走到一個籠子前，裡面有六隻棕色的小狗。我不知道牠們的品種，只覺得看起來頗像雜種狗，遂指明要最小的一隻。一星期後，小狗施打完疫苗，我便前往收容所帶牠回家。我把牠取名爲安格斯，以搖滾樂團AC/DC的吉他手安格斯・楊爲名。

但帶回家養沒多久，我便發覺自己是自找麻煩。安格斯確實好玩又可愛，但是精力過於旺盛，還有極嚴重的被拋棄妄想症。我只要留牠獨自在家，回來就會發現客廳地毯上沾滿狗屎。安格斯想必是因爲我不在家，一氣之下（或傷心之下）就隨地大便，再踩得屋裡到處都是，儼然在重現抽象畫家波洛克[1]之大作。起初我以爲牠是單純想大便，所以我出門前就先帶牠到外面把大小便一次解決；沒想到我回家後，仍見到滿地黃金。我只好拿出清潔用具收拾善後，然後去外面晃個一小時，等屎味散去才敢回家。我那位室友對此一直十分體諒，但後來連她也快無法忍受了。

領養安格斯兩個月後，我某天回家發現放狗食的廚櫃是開著，一顆顆球狀的狗食散落廚房一地，顯然牠曾跑進裡面翻找食物。照理來說，平常我回到家，安格斯都會興奮地搖著尾巴、流著口水前來迎接我，但那天卻毫無動靜。我望向客廳，才看到牠四腳朝天躺在沙發上，狼狽的樣子活像參加大胃王比賽的選手，經過兩次延長賽才終於獲勝。

我拉長了音大喊：「安格斯，不要死～～～！」

安格斯把牠那個脹得圓滾滾的肚子轉向我，眼神迷濛，那是我這輩子第二次看到這種眼神。第一次是某個姊妹會成員在我大學宿舍前醉得搖搖晃晃時，她看了我一眼，下一秒就吐了出來，嘔吐物呈拋物線噴射到地上。不過幸好這位小姐並沒落得跟安格斯一樣的下場。

我扶著安格斯肚子的兩側，一舉把牠抱起，接下來的情形猶如點滴袋的洞被扯開般，一道道「落屎」從牠屁股噴射而出，飛濺到沙發和地板上。這成了壓垮我耐性的最後一根稻草。又髒又臭的傢俱帶來視覺與嗅覺的雙重刺激，即便我百般不願，依舊了解到我無法再逃避現實——該把安格斯送人了。

但我真的很愛牠，所以我希望把牠送給熟人，這樣我才能不時去探望牠。但我的兩個哥哥和其他朋友一得知我的請求後，想都不想就拒絕了。這下子只剩我爸媽了。他們的後院很大，而且安格斯長得飛快。收容所的人明明說牠體重頂多十三、四公斤，但如今才四個月大，卻已經接近十六公斤了。

安格斯長得很討喜，所以最好的辦法，就是先若無其事地把牠帶給爸媽看，再找機會把燙手山芋丟給他們。我不太擔心老媽，她向來都很好講話，重點是看老爸的臉色。

於是，四月某個陽光明媚的週六早上，我開車回聖地牙哥，一路上安格斯都乖乖坐在我大腿上。我就這樣突然抱著安格斯走進家門，好像牠是特大號的嬰兒。

「哇，好可愛的狗狗哦！」老媽本來在煮飯，一看到安格斯，就立刻從廚房走出來摸摸牠。

「這隻狗真的滿漂亮的。」老爸邊說邊伸手揉了揉牠耳朵。

「等一下，這是誰的狗啊？」老媽起疑了。

「呃，事情是這樣的……」

我開始解釋事情的來龍去脈，含糊帶過一些細節，免得讓他們覺得我是一時衝動或發現安格斯其實是個大麻煩。

老媽聽了之後表示：「我們不能養這隻狗，這可是你的責任，不能因為你自己不想養，就要我們幫你養。」而且越說越激動。

這完全在我意料之外，讓我不禁擔心起來，因為如果連老媽都是這種反應，還眞不敢想像老爸會作何感想。他沉默了一會，然後把安格斯抱起來。

「那就給我們照顧吧。」

「山姆？」我媽跟我都一臉驚訝。

「不過是隻狗嘛。又不是賈斯汀把別人肚子搞大了，抱著嬰兒回家要我們養。」

我笑著說：「對呀，又不是那樣。」

老爸厲聲道：「你他媽的最好不要給我那樣搞。」似乎不覺得好笑。

我爸把安格斯抱出屋外，揉揉牠的肚子，再把牠放到地上。

他跟安格斯說：「這裡就是你的新家囉，你愛在哪裡大小便都可以。」

我那時忽然感受到以前初次賭博就贏錢的心情：那年二十一歲，我在拉斯維加斯玩吃角子老虎，竟然贏了一百美元。雖然還搞不太清楚發生什麼事，但知道自己應該見好就收。

「那就這樣囉，我得先走了，明天還要上班，開車也要一段時間，所以……」

草草道別後，我就快速往車道走，上了車，驅車開往北方的洛杉磯。

我大概兩個月回家一次，每次回去都發現安格斯比之前更大隻了。八個月後，牠的體重竟逼近五十公斤，看起來就像吃了類固醇的史酷比狗。

我某次回去時，忍不住問老爸：「爸，牠也太……壯了吧。你都餵牠吃什麼啊？」那時安格斯差不多剛滿一歲。

「牠的早餐是二百五十克的牛絞肉，二百五十克的馬鈴薯，外加兩顆蛋。我會把這些食材全煮在一起，再加點蒜鹽粉。」

「蒜鹽粉？牠一定要有蒜鹽粉才吃嗎？」

「媽的咧，這隻狗喜歡蒜鹽粉的味道，所以我當然就幫牠加蒜鹽粉啊。」

「所以，牠，每天吃下，約三千卡路里之類的嗎？」

「可能更多吧，因為我晚上會煮同樣的東西，再餵牠一次。」

「我的媽呀，爸，難怪牠看起來可以去比摔角了。」

老爸說他起初有買市面上的狗食，但安格斯還是最喜歡吃人類的食物。

「這樣不是很辛苦嗎？根本就是你在伺候牠嘛。」

老爸把一碗準備好的食物，拿到屋外要給安格斯吃，我也跟了上去。安格斯一聞到食物的味道，馬上興奮地跳起來，把狗掌放在老爸胸前，像是見到失散多年的情人。

「好啦好啦，乖乖的，你這隻小王八蛋。」老爸接著轉頭跟我說：「是很辛苦沒錯，但牠現在是我朋友。」

我眞不敢相信老爸會說這種話，難不成上了年紀的人都這麼多愁善感？

「你他媽的別擺出那副嘴臉，我可沒瘋。大家不都說狗是人類最好的朋友嗎？這句話又不是我發明的。」

我趕緊說很高興看到安格斯成爲他的好朋友。

「你也知道，我本來其實沒有特別喜歡狗。我的意思是，布朗尼雖然是條好狗，但牠是你哥的狗。我以前在農場也養了很多狗，不過那都是工作犬。我想你們兄弟一個個離家，你媽又都在忙工作的事，養一隻每天依賴我的狗倒也不錯。你看，牠還把我的玫瑰花圃給踩爛——安格斯，去你的這個小王八蛋。」他邊說邊指著原本種紅玫瑰的花圃，現在只剩下被翻攪得亂七八糟的土壤。

「牠跟你滿像的，有夠煩人的，但我很愛牠。而且牠老愛隨地拉屎，這點跟你最像了。」老爸露出得意的微笑。

1 Jackson Pollock（1912-1956），美國抽象表現主義代表人物，擅於以滴漏和噴濺的方式在畫布上揮灑顏料，繪製出沒有特定結構、線條複雜難辨、色彩變幻無常的網。

＊Screw＊
名詞爲「螺絲釘」或「螺旋物」，也可指「性交」，兩者的關聯可謂不言自明，當動詞使用時，依據不同情境會產生各種意思，可能為「打炮」、「壓榨」、「欺騙」等。本字許多用法與fuck有異曲同工之妙。

★ 論「我負責接機」

「我那班飛機星期天早上九點半落地……你想看什麼？《廣告狂人》是什麼屁東西啊？你他媽的要是敢不來接我，絕對讓你看看什麼是真正的狂人。」

☆ **On My Airport Pickup Duties**

"My flight lands at nine thirty on Sunday. . . . You want to watch what? What the fuck is Mad Men? I'm a mad man if you don't pick me the hell up."

★ 論「期待太高的後果」

「你哥今天早上把小寶寶帶來了，說什麼已經會站了。結果會站個屁，根本只坐著發呆，太令人失望了。」

☆ **On Built-Up Expectations**

"Your brother brought his baby over this morning. He told me it could stand. It couldn't stand for shit. Just sat there. Big letdown."

★ 論「犬類的休閒娛樂」

「這隻狗哪有覺得無聊，難不成要我給牠玩魔術方塊嗎？媽的，牠是隻狗耶。」

☆ **On Canine Leisure Time**

"The dog is not bored. It's not like he's waiting for me to give him a fucking Rubik's Cube. He's a goddamned dog."

★ **論「播音員」**

「這些播音員到底什麼時候才會閉嘴啊？自以為有事要宣布就說個沒完，這就是標準的王八蛋。」

☆ **On Talking Heads**

"Do these announcers ever shut the fuck up? Don't ever say stuff just because you think you should. That's the definition of an asshole."

★ **論「冗長的事」**

「你根本就在鬼話連篇，我半句都聽不懂，等你學會說人話再跟我聊吧。」

☆ **On Long-winded Anecdotes**

"You're like a tornado of bullshit right now. We'll talk again when your bullshit dies out over someone else's house."

★ **論「當天髮型」**

「你們這個年紀的人類到底會不會梳頭啊？幹，簡直像兩隻松鼠爬到頭上在交配。」

☆ **On Today's Hairstyles**

"Do people your age know how to comb their fucking hair? It looks like two squirrels crawled on their head and started fucking."

★ **論「緊跟前車」**

「你跟前車離那麼近幹啥……是啦，你是大忙人，就算沒你的事也是很趕。」

☆ **On Tailgating the Driver in Front of Me**

"You sure do like to tailgate people. . . . Right, because it's real important you show up to the nothing you have to do on time."

★ **論「老哥的小孩遲遲不會講話」**

「小寶寶遲早會講話的啦，別在那邊大驚小怪，搞得好像他知道什麼癌症新療法卻死不肯說似的。」

☆ **On My Brother's Baby Being a Little Slow to Start Speaking**

"The baby will talk when he talks, relax. It ain't like he knows the cure for cancer and just ain't spitting it out."

★ **論「生小孩的時機」**

「什麼時候生小孩都很麻煩，但做愛永遠不嫌麻煩。老天爺又不是白痴，這種問題交給祂傷腦筋就好。」

☆ **On the Right Time to Have Children**

"It's never the right time to have kids, but it's always the right time for screwing*. God's not a dumb shit. He knows how it works."

No.17

務必用心傾聽

You Have to Listen, and Don't Ignore What You Hear

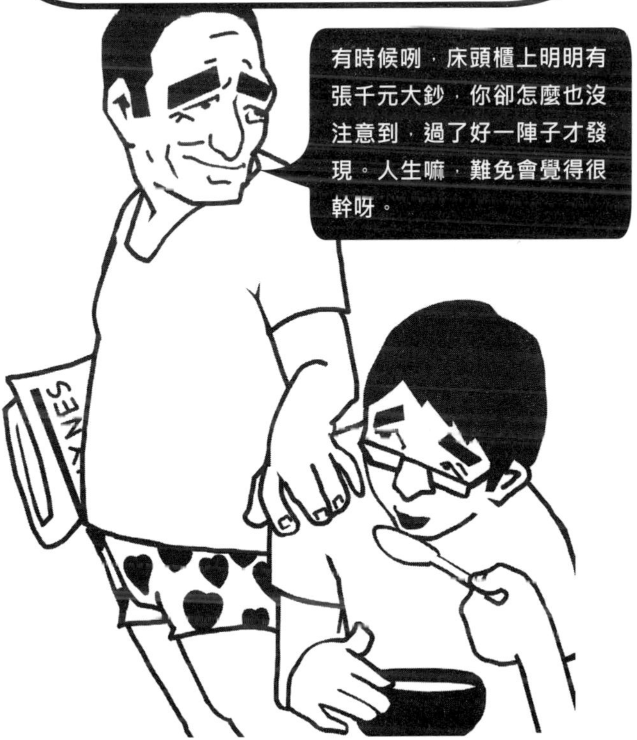
有時候咧，床頭櫃上明明有張千元大鈔，你卻怎麼也沒注意到，過了好一陣子才發現。人生嘛，難免會覺得很幹呀。

" Sometimes life leaves a hundred-dollar bill on your dresser, and you don't realize until later it's because it fucked you. "

如本書自序中所言，我二十八歲那年因爲跟女友吹了，才會回到爸媽家住。這次的分手是平和收場，並沒有上演全武行或互飆三字經，我也沒有落下一句「去死啦妳」就甩門而出。先前我的確有幾次不愉快的分手經驗，例如某位前任女友在分手時撂下的最後一句話是：「去死死算了啦，你這個廢物！」這種分手很容易就可以拋諸腦後，畢竟如果前女友都叫你「廢物」了，你應該不會期望她半夜突然跑來跟你復合。老實說，我前幾任的感情都沒有這次談得認眞，我和這任女友交往三年了，十分篤定我們兩個眞的適合彼此，結婚也只是早晚的事。

她決定跟我分手時，並沒有給一個明確的理由，只知道這段感情中某個重要的東西已不復存在。至於少了什麼，我們兩個都說不上來，感情就莫名其妙地走不下去了。所以我剛搬回爸媽家的時候，整個人非常消沉。我平時絕不輕易表露自己的情緒，但這次老爸一眼就看出我有心事。

回家一星期後，某天我正在吃早餐，老爸過來把手放在我肩上說：「有時候咧，床頭櫃上明明有張千元大鈔，你卻怎麼也沒注意到，過了好一陣子才發現。人生嘛，難免會覺得很幹呀。」

我說：「沒關係啦，你不用講這些來安慰我。」

「什麼屁話，這我當然知道。但我想說還是要多少講一下，不然直接從你手中搶走喜瑞兒就走人，感覺有點無情。」他笑了兩聲，想讓氣氛輕鬆一下。

隔天，我清晨六點就醒了，翻來覆去就是無法再度入睡，便穿著四角褲，如遊魂般晃進客廳。老爸那時正坐在餐桌前，一邊吃喜瑞兒，一邊看報紙。

我問：「你幾點起床的啊？」

「喔，不知道耶，大概五點吧，跟平常一樣。」

我又問：「哇咧，也太早了吧。幹嘛這麼早起床？」

「一向如此。」

「但何必咧？你都退休了，早起幹嘛。」

他放下報紙，不爽地說：「兒子，你這是在質問我嗎？我這個人就是習慣早起，你他媽的想怎樣？」然後就繼續看報紙。

過了一會，他又放下了報紙。

「那**你**又為什麼這麼早起？」

我說我醒來後就睡不著了。他站起身，走進廚房，倒了杯咖啡給我。

他手握著一只馬克杯，裡面裝滿了黑咖啡，問道：「你咖啡有要加那個什麼鬼東西嗎？」

「奶精嗎？要，幫我加個奶精。」

他把咖啡放在桌上，又走回去看報紙。我自己倒了碗喜瑞兒來吃，兩個人就這樣默不作聲了幾分鐘。跟女友分手的事很快又占據了我整個腦袋，腦中不斷浮現過去美好的時光，畫面有如八〇年代電影中俗不可耐的蒙太奇片段：內心備受煎熬的男主角，遙想自己與前女友曾手牽手漫步在海灘上，餵可愛的小狗狗吃東西，彼此抹著鮮奶油開始嬉鬧拉扯等等。為了中止腦海裡這些老梗，我大聲說：「哎唷，一想到這件事，我就提不起精神啦！」

老爸把報紙往下折，看著我說：「你就不要硬逼自己去想嘛。」

「我知道呀，但說得容易，而且我還有東西放在她家，東西該怎麼處理咧？我還有一台電視放在那裡。」我一邊說，一邊用湯匙玩起喜瑞兒來。

「電視管它去死，就留在那裡，要切斷所有連繫。」

「但電視花了我一千五美金耶。」我就是不放棄。

「媽的，那還不把電視搬回來。」

我自己也不清楚這段對話的意義何在，但心情並沒有因此轉好。於是我就去沖了澡、穿好衣服，開始幫Maxim.com寫稿。諷刺的是，那次剛好要設計一個流程圖，詳加解釋男女爭吵時大腦的差異。我就這樣一直忙到中午十一點半，看到老爸走進客廳，戴著他的霹靂包，想必是準備出門了。

「午餐我請客。快把拖鞋穿上，走吧。」

我不甘願地從沙發起身，勉強跟他走出門，坐上他的車，前往附近一家我愛的義大利餐館，我平時很喜歡去那裡吃午餐。我們找了個沐浴在陽光裡的露天座位坐下來，面前是一艘艘停泊在聖地牙哥港的白色帆船及汽艇。女服務生端來一籃大蒜捲與兩杯冰紅茶。

老爸小啜一口茶，抬頭看著我說：「你了解我嗎？了解個屁。」

「呃，所以……？」他到底想說什麼。

「我的人生，你連個屁都不了解，因爲我向來不隨便說的。」

我這才發覺他說得沒錯。的確，我約略知道老爸的出身背景：他在肯德基州一座農場上長大；在越南服役；和前妻生了兩個兒子，但前妻生完我哥艾文就因癌症過世；九年後，他與我媽結婚；核子醫學專科醫師，專門研究癌症。僅止於此。仔細想想，我的親朋好友之中，老爸可能是最難交心的人。

他邊咬大蒜捲邊跟我說：「我二十多歲時，非常迷戀一個女人，她漂亮極了，是那種天生的美女，而且活潑大方。」

我們這些作子女的，常都以爲（也希望）爸爸媽媽只跟彼此做愛，而且做愛次數足夠生下我們即可，所以聽老爸滔滔不絕聊著老媽之外的女人，我還眞覺得有點怪，畢竟他以前從來沒提過。儘管如此，我仍然聽得津津有味。

「所以我跟她交往了一陣子，還是好一陣子。然後有一天，我們聊著聊著，我告訴她，我很愛她。但是她卻看著我說：『我不愛你，而且永遠都不會愛上你。』……那個，我要義式臘腸披薩配沙拉。」說到一半，他忽然轉頭跟女服務生點餐，她本來尷尬地站在桌旁，似乎不好意思打斷我爸講話。

我點完餐後，服務生就離開了。

我問道：「那你的反應是什麼？」

「我就說我會努力，或許她當時不愛我，但終究有一天會愛上我。」

「那她說什麼？」

「她說好，我們也就繼續交往。後來我們開始吵架，而且越吵越兇，我才發現自己犯了大錯。她的青春就這樣白白浪費在我身上，但我還是不知道該怎麼抽離這段感情。她後來生了重病，奄奄一息。」他深深吸了一口氣，若有所思，似乎在腦海重播某段塵封已久的往事。

「所以我跟她和好如初，陪在她身邊，但最後她還是死了。我非常非常難過，覺得這個女人明明不想跟我在一起，也跟我說了，我卻當成耳邊風。她死前那段日子，竟然是跟一個她不愛的人度過。她走了，我一方面覺得鬆了口氣，慶幸得以從這段感情解脫出來；但也因爲這樣，我懊悔得不得了，完全無法釋懷。」

老爸往後靠在藤椅上，不發一語。服務生送來餐點，他吃了幾口沙拉，然後才又開口。

「每個人都會用自己的方式表達情感，有些人喜歡直接說出來，有些人喜歡用行動表示。但不論怎麼表達，你都要用心聽。我不知道你跟那個女生會不會復合，我覺得她個性很不錯，當然也希望你能把她追回來。但是請記住一句話：用心傾聽，凡事不要當作耳邊風。」

幾個月後，我開始著手寫這本書。我去找了許多親朋好友，從不同角度反覆勾勒出我和老爸相處時的趣事。我們回想他說過的話、自己說過的話，盡可能拼湊出本書的一些細節。二○○九年十二月，我的稿子接近完成階段，老爸有天打電話給我，那時我正在超市買東西。

「喂～」

我問：「嘿，怎麼啦？」

他說：「我知道你最後一章要寫什麼了。」

「是哦？」

老爸希望我把上述那段往事放在最後一章。我告訴他，他跟我分享的這件事以及背後的涵義，對我而言都意義非凡。但這畢竟是私事，況且他向來極少跟他人透露自己的心事。我便問他爲什麼想把事情公諸於世，順便虧他一下，一個月前他才放話說只要有記者找他問問題，就要拿槍指著人家，而現在竟然提出這項要求，實在不像他。

他笑說：「喔，我想說這本書主角是我跟你啊，我的意思是主角是我，你是配角。我之所以跟你分享，是看到你那時在那邊失魂落魄。我想讓大家知道，雖然你爸絕不是什麼溫柔的人，但絕對是他媽的非常愛你。我之前沒跟任何人說，因爲沒有這個必要。你這孩子還算靠得住。」

「謝啦，很謝——」

「搞清楚，你天生就是個大嘴巴，長得也實在不怎麼樣，但我還是愛你，我也要讓大家知道，只要是爲了家人好，我做什麼事都甘願。」

大約一個星期之後，我終於把書寫完了，熬了一整夜才晃進客廳。老爸一如往常地一邊吃喜瑞兒，一邊看著報紙。

我自豪地說：「寫完了！我終於把書寫完了！」

他說：「真不敢相信，你寫的東西竟然有人願意出版！？」

「對啊，很難想像吧？」

「你這輩子從來、從未出版過什麼鬼東西耶！他媽的連半個字都沒發表過耶！」他還是一臉難以置信的模樣（老爸從來不把我在網路上發表的文章當作一回事）。

他說個沒完：「我是說，你還眞的是什麼都沒出版過！完全沒有！現在**你**這兔崽子，竟然要出書？書店會擺你的書，然後有人會去買？！我的老天爺，他媽的太太太不可思議了。一想到——」

我大聲回答：「好好好，我知道啦，我這輩子從沒出版過什麼東西，這是天上掉下來的禮物，我這種人才不配出書，可以了吧。」

「喔，幹，不是啦兒子，我沒有要唱衰你的意思，只是實在太不可思議了，就這樣。」他頓了一下，就要我去他旁邊的椅子坐著，然後說：「恭喜啊！老爸以你爲榮，來吃點喜瑞兒吧。」

他幫我倒了碗喜瑞兒，遞給我報紙的體育版。我們父子倆開始安靜地吃早餐看報紙。

過了好一會，他又抬起頭來，搖搖頭說：「他媽的，我怎麼樣就是想不透，我的意思是，他們還付你錢讓你寫書，而且不是別人，**是你**。太神奇了，幹。」

誌謝

寫這本書的一大樂事，莫過於和我哥、我媽，當然還有我爸，好好坐下來一起回憶過去家裡發生的點點滴滴。若沒有他們的協助，我絕對無法如此鉅細靡遺地重現所有趣味橫生的細節，也無法生動刻畫我爸的性情。丹、艾文、荷西，還有媽跟爸，謝謝你們。

我想只要是書寫自己的人生，永遠無法客觀判斷筆下的東西是否吸引讀者；幸好過程中我有一群朋友和同事充當軍師。在此要特別感謝Amanda Schweizer、Cory Jones、Robert Chafino、Patrick Schumacker、Lindsay Goldenberg、Brian Warner、Dan Phin、Ryan Walter、George Collins、Andrew Fryer、Katie Deslondes、Kate Hamill、Byrd Leavell等人的協助和提點。

我實在是非常幸運，才有機會將本書付梓，最後要引述我爸所言：「那就希望會有人買帳囉……當然是你希望，我希望個屁。」

書　　名　我的老爸鬼話連篇
作　　者　賈斯汀・哈本（Justin Halpern）
全書設計　李文志
全書插畫　陳家瑋
內頁排版　菩薩蠻數位文化有限公司
責任編輯　宋宜真
行銷企畫　柯若竹
總 編 輯　賴淑玲
社　　長　郭重興
發行人兼出版總監　曾大福
出 版 者　大家出版社
發　　行　遠足文化事業股份有限公司
231 新北市新店區民權路108-3號6樓
電　　話　(02)2218-1417　傳眞　(02)8667-1065
劃撥帳號　19504465　戶名　遠足文化事業有限公司
印　　製　成陽印刷股份有限公司　電話(02)2265-1491
法律顧問　華洋國際專利商標事務所　蘇文生律師
定　　價　250元
初版一刷　2011　年 11 月

國家圖書館出版品預行編目(CIP)資料

我的老爸鬼話連篇 / 賈斯汀.哈本(Justin Halpern)著；林步昇譯. -- 初版. -- 新北市：大家出版：遠足文化發行, 2011.10

面；　公分

譯自：Sh*t my dad says

ISBN 978-986-6179-20-4(平裝)

874.6　　100016332